雪城愛理沙
「在耶誕節跟最喜歡的人在一起，
去遊樂園過夜……
有人會不開心嗎？」
愛理沙展開雙臂，
原地轉了圈。
一點都不想相親的我 7
設下高門檻條件，結果
同班同學成了婚約對象!?

「愛理沙……妳要買破魔箭喔？」
「我想放在房間……」
愛理沙喜孜孜地看著破魔箭。

「這、這是你的情人節巧克力……
請、請享用。」

「……可以請你幫我脫嗎？」

一點都不想相親的我設下高門檻條件，結果同班同學成了婚約對象!? 7

櫻木櫻
插畫
clear
story by sakuragisakura
illustration by clear

Kadokawa Fantastic Novels

Contents

story by sakuragisakura
illustration by clear
designed by AFTERGLOW

第一章　與婚約對象過耶誕節

十二月下旬的某一天——

「由弦同學，由弦同學。可以再說一次那句話嗎？」

「……那句話？那句話是指哪句話？」

一對情侶在卿卿我我。

「校外教學說過的那句。」

這句話出自亞麻色頭髮、翠綠色眼睛的少女口中。

時節正值嚴冬，因此少女穿著厚衣，遮住了身材曲線，但她其實有著凹凸有致的好身材。

「咦……？喔……抱歉。我不知道妳在說什麼。」

回答少女的，是黑髮藍眼的少年。

跟同年紀的人比起來，少年的相貌較為成熟，氣質穩重，別有一番特色。

「唉唷……就是你第一天晚上對我說的嘛。」

少女——雪城愛理沙抓住少年——高瀨川由弦的袖子，輕輕拉扯。

這個舉動儼然是在跟父母討玩具的小孩。
由弦則羞得臉頰微微泛紅，別過頭。
「呃、呃……我沒什麼印象。」
「……你真的忘了？」
「大、大概吧……」
「嗚嗚……」
愛理沙露出悲痛欲絕的表情，垂下頭。
看到未婚妻的這種表情及動作，由弦連忙搖頭。
「對不起，騙妳的，我記得。」
「那再對我說一次。」
「唔、唔……非說不可？」
「……你果然忘了嗎？」
愛理沙抬起視線注視由弦。
由弦放棄掙扎似的嘆了口氣。
「妳是我的未婚妻真的太好了。很慶幸能遇到妳這個我發自內心喜歡的人。有這個資格跟妳結婚，我非常高興。」
他靦腆地搔著臉頰回答。

愛理沙臉上漾起喜悅的笑容。

「嘿嘿嘿。」

「……滿足了？」

「對呀。不過……總覺得當時的字數更多，語氣更誠懇。」

「我再厲害也不可能記得一字不差吧……」

有些許差異。

愛理沙的抱怨令由弦一臉為難。

「可是你好沒誠意喔。剛剛講的有點沒感情。」

「妳知不知道我講幾次了？」

「才五次。」

「不是『才』，是『已經』五次了。」

看來由弦真心誠意的告白似乎讓愛理沙十分高興，觸動了她的心弦。

校外教學結束後，她三番兩次要由弦再講一遍。

儘管由弦覺得很難為情，不太想一說再說。然而……

心愛的未婚妻用這麼可愛的方式拜託自己，露出悲傷的神情，他哪有辦法拒絕？

因此，他對愛理沙反覆訴說相同的愛的告白，字數隨著次數減少，語氣也變得毫無起伏。

「只不過多講一兩次，你對我的愛就變淡了嗎？」
「這個嘛，不只一兩次耶。」
「講不只一兩次……就會變淡嗎？」
「我對妳的愛沒有變淡。但我實在沒辦法每次講同一句話都那麼誠懇……」
由弦沒有騙人。
他對愛理沙的心意並未改變。
可是要他維持跟第一次一樣的激情反覆講同一句話，實在太困難了。
聽完由弦的解釋，愛理沙笑著說：
「講那麼多……其實你只是害羞吧？」
「……妳既然知道，就別逼我一直說好不好？」
被說中的由弦眉頭緊皺，語帶不悅，再次別過頭。
愛理沙抓住由弦的肩膀搖晃他。
「別鬧脾氣嘛……好不好？」
「我沒有。」
「那你轉過來。」
「……」
由弦不情不願地緩緩轉頭。

愛理沙的手指戳中他的臉頰。
由弦嚇了一跳，睜大眼睛。
愛理沙愉悅地笑著，大概是覺得由弦的反應很有趣。
「惡作劇成功嘍。」
「……」
由弦的心胸當然沒狹窄到會為這種程度的惡作劇生氣。
不過，他也不是被人惡作劇會默不作聲的人。
他動起腦筋，企圖回敬愛理沙一句。
「……小學生等級的惡作劇。」
「什麼意思？你想說我像小學生嗎？」
「以惡作劇的等級來說，是那樣沒錯。噢……不對，一直用同一招也是小學生等級吧？」
上一秒還心情很好的愛理沙，因由弦這句話板起臉來。
身為高中生被笑是「小學生等級」，她似乎不太開心。
由弦接著對愛理沙說：
「不敢打針則是幼稚園等級。」
「我有打針呀。有吧？我們是一起去的吧？」

我已經克服了對打針的恐懼。
由弦對如此主張的愛理沙用力搖頭。
「應該的。打個針就鬧得這麼大，根本是小學低年級等級。」
「你會不會說得太過分了？」
愛理沙皺眉瞪著由弦。
由弦聳聳肩膀。
「如果妳這樣覺得，是不是該停止做些小學生會做的事？」
「……意思是，做大人會做的惡作劇就行嘍？」
「不是，本來就不該對人惡作──」
由弦沒能把話講完。
因為愛理沙用唇堵住了他的嘴。
「這也是小學生等級？」
愛理沙詢問由弦，臉頰有點紅。
由弦也紅著臉搖頭。
「不會，剛剛那個……很有大人味。」
「太好了。」
愛理沙高興地微笑。

由弦被反將一軍，搔了下臉頰。

「妳今天……心情真的很好。」

「那還用說？」

愛理沙展開雙臂，原地轉了圈。

「在耶誕節跟最喜歡的人在一起，去遊樂園過夜……有人會不開心嗎？」

由弦用力搖頭，否定愛理沙的疑問。

「嗯，妳說得對。」

沒錯，今天是耶誕節。

而兩人的所在之處，是日本最有名的遊樂園。

※

「我有點累……」

現在時間是下午一點。

兩人走進餐廳吃午餐時，愛理沙嘆著氣咕噥道。

「畢竟妳玩得那麼開心。」

由弦露出苦笑。

入園後自不用說，前往遊樂園的路上——不，愛理沙從前一天就在期待，情緒高昂。
會累是理所當然的。
她能撐這麼久，反而該誇她體力好。
「我上次去遊樂園是小學的時候……不小心跟小學生一樣玩瘋了。」
愛理沙害羞地縮起身子。
事到如今，她才發現自己的行為有多難為情。
「……這樣啊。」
愛理沙不經意的一句話，讓由弦猛然意識到。
愛理沙的雙親在她小學時過世了。
因此，她應該在那之後就沒來過遊樂園。
會興奮再正常不過。
不是幼稚，而是她還停留在孩童時期。
「下一個玩比較不激烈的遊樂設施，順便休息一下吧。」
那麼久沒來遊樂園，愛理沙八成是想玩具有遊樂園特色的遊樂設施。
她一開始就跑去玩那些降落、旋轉、搖晃、發光、尖叫系的激烈遊樂設施。
由弦也喜歡那種類型，所以沒有意見。不過……
接連玩那麼刺激的遊樂設施，身心都會感到疲憊。

「說得也是……」
「……妳不喜歡玩那類的？」
聽見由弦的建議，愛理沙面有難色。
這個反應令由弦有點意外。
因為他擅自認為女性喜歡速度慢，可以好好欣賞景色及感受世界觀的遊樂設施。
「也不是……」
「還想再休息一下？」
難道是睏了？
由弦如此心想，詢問愛理沙。
愛理沙卻搖搖頭。
「那個……我有點……不想排隊……」
「喔……」
想玩遊樂設施當然必須排隊。
而排隊比想像中還累人。
除了要站好幾個小時之外，光被陌生人包圍，就會對精神造成負擔。
「那要不要去看遊行？」
「好呀，就這麼安排吧……」

餐點在兩人交談的期間送上桌。

愛理沙看著它眨眨眼，低聲說道：

「這個分量和品質，賣這個價錢嗎……」

「別說。」

由弦急忙拉住差點回到現實世界的愛理沙。

愛理沙的情緒徹底冷卻下來。然而……

「啊！由弦同學！你看見了嗎？他在朝這邊揮手耶！」

看遊行的時候她已經打起精神，蹦蹦跳跳地對穿布偶裝的演員揮手。

「喔、喔……嗯，對啊。」

她打起精神固然值得高興……

可是大聲歡呼的愛理沙，讓由弦有點不好意思。

※

「討厭……早知道就該在更亮的時候玩。」

日落時分，天色漸暗。

愛理沙抓著由弦的手臂抱怨。

「所以我才勸妳不要玩……」

由弦無奈地對抱著他手臂的愛理沙說。

兩人玩了恐怖系的遊樂設施作為收尾後，愛理沙便一直維持這個狀態。

她當然早就知道那是會出現妖怪、幽靈的遊樂設施。

這是恐怖系的耶，妳不怕嗎？

由弦事先問過她，但愛理沙信心十足地回答。

——雖說是恐怖系，終究是給小孩玩的吧？我沒膽小到會被騙小孩的遊樂設施嚇到。

「……比想像中更恐怖。」

愛理沙發著抖回答。

就由弦看來，剛才玩的遊樂設施雖然分類成恐怖系，但內容是針對小孩設計的，稱不上多可怕。愛理沙想像的卻是等級更低的東西。

由弦有點好奇她想像的是多溫馨的內容。

「時段也不好……白天應該不至於那麼可怕。」

「……有差嗎？」

「有差……明天要玩的遊樂設施也有恐怖系對不對？趁白天去玩吧。」

這次他們訂了飯店，來遊樂園玩兩天一夜。

明天預計去另一區的遊樂園玩，在那邊體驗不同的遊樂設施。

「妳學不乖耶……先跟妳說，明天要玩的大概比這更恐怖喔？」

「是、是嗎？那、那真是……令、令人期待！」

「妳的聲音在打顫……還是別玩了吧？」

會怕的話別看就行。

由弦也不是非玩那個遊樂設施不可，不打算逼迫愛理沙。

他反而希望愛理沙既然怕成這樣，乾脆別玩了。

「不玩玩看怎麼知道？」

愛理沙害怕恐怖系。

但她好像並不討厭。不知為何，明知道自己會怕，她還是會想看。

事後才被嚇得後悔。

「真的要玩？」

「那還用說？來都來了，不玩怎麼可以回去？」

「……搞不懂妳。」

明明會怕卻還是想玩，還是想看。

由弦滿腦子疑惑，覺得自己一輩子都無法理解愛理沙的心態。

※

「呼……腿痠得動不了。」

回到飯店後，愛理沙坐到床上嘆著氣說。

她脫下拖鞋，按摩雪白的雙腿。

「我也好累……趕快洗澡休息吧。」

愛理沙點頭贊同由弦。

「誰先洗？」

「妳想先洗嗎？」

「我都可以……要不要猜拳決定？」

這點小事沒必要互爭，也沒必要互讓。

兩人如此判斷，迅速決定用猜拳決定順序。

「那我就先去洗嘍。」

「請便。」

贏的是由弦。

由弦下床走向浴室。

浴室是所謂的整體浴室。
他拉緊浴簾，防止水噴到外面，轉開水龍頭淋浴。
「啊……」
淋浴的時候，由弦忽然想到。
（……還有邀她一起洗這個選項吧？）
平常他講不出那種話。然而，這次他們是單獨去旅行的。
搞不好有機會順勢一起洗澡。
（不行，有點太急了……）
但這代表要裸裎相對。
跟全裸的愛理沙一起洗澡，由弦沒自信能夠保持鎮定。
他在思考這些事的期間洗完身體。
穿上飯店提供的浴袍，擦乾身體才走出浴室。
「久等了。」
「你洗好快喔。」
一走出浴室，愛理沙立刻過來迎接他。
可是，她不知為何僵住了。
愛理沙慌張地移開視線。

「呃……怎麼了？我有哪裡不對勁嗎？」

她異常的反應令由弦亂了手腳。

由弦有點緊張，深怕愛理沙是不是看見什麼不該看的東西。

「沒事……沒有不對勁。」

「是、是嗎？……那妳為什麼不看我？」

沒有不對勁。

愛理沙嘴上這麼說，卻不知為何不肯看由弦的眼睛。

由弦緊接著逼問。愛理沙放棄掙扎，稍微看向由弦。

「我覺得你有點性感……」

她害臊地用雙手掩面。

由弦面露疑惑。

「會、會嗎……？」

由弦從不認為自己有哪裡「性感」。

因此他無法理解。但這並不是負面評價，他便暫時放下心中的大石。

「我、我去洗澡嘍！」

「喔、喔……」

愛理沙逃也似的跑向浴室。

無事可做的由弦拿起吹風機吹乾頭髮，邊看電視邊等愛理沙。
「……讓你久等了。」
過沒多久，愛理沙穿著浴袍走出浴室。
白皙的肌膚微微泛紅，美麗的亞麻色髮絲帶著水氣。
這副模樣比平常更加嬌豔。
「你怎麼了？」
「沒事……我好像可以理解妳剛才的心情。」
「是、是嗎？」
愛理沙害羞地低下頭。
然後用翠綠色的眼睛凝視由弦。
「我想把頭髮吹乾……」
「喔，抱歉。我用完了。」
由弦將吹風機遞過去，愛理沙卻搖搖頭。
她爬上床湊近由弦。
「愛、愛理沙……？」
愛理沙背對由弦，坐到他面前。
接著回頭望向後方。

「可以麻煩你嗎？」

「我、我懂了！」

由弦終於明白愛理沙的意圖。

他打開吹風機，準備幫愛理沙吹頭髮……停下手來。

「抱歉……可以教我怎麼吹嗎？」

愛理沙美麗的亞麻色髮絲保養得遠比由弦好，根本無從比較。

不能跟幫自己吹頭髮的時候一樣隨便吹。

「用平常的方式吹就行……」

「這樣啊……吹不好的話跟我說。」

由弦慎重地開始幫愛理沙吹頭。

一面用手梳理髮絲，一面用溫風吹乾。

小心謹慎，以免吹亂髮型，或者溫度過熱。

「很舒服。」

由弦的擔心只是杞人憂天，愛理沙發出舒服的讚嘆聲。

她下意識倒向後方。

放鬆地將身體靠在由弦身上。

由弦也因為習慣的關係，不再那麼緊繃。

「那就好。」

回答的同時，他的注意力被浴袍底下若隱若現的雪白溝壑吸引過去。

不能看。

不該偷看。

明明這樣告訴自己，依然會忍不住去想。

（這麼大……就算不穿內衣也不會下垂嗎？）

隔著浴袍仍能一眼看出那美麗的形狀。

「嗯……」

愛理沙不知何時閉上了眼睛。

看來是睏了。

看到她這麼不設防，由弦不禁產生想對她惡作劇的衝動。

他關掉吹風機，放到旁邊。

把手伸到愛理沙身前，從後面抱住她，在她耳邊輕聲呢喃。

「吹好嘍，愛理沙。」

「……哇！」

愛理沙嚇得身體一顫。

她轉過頭，眨眨眼睛。

經她這麼一說，由弦發現自己的心臟也跳得很快。
一旦意識到，就更緊張了。
「……先關燈吧。妳會不會怕黑？」
「不會……在那之前，我可以過去你那邊嗎？」
「好啊。」
由弦回答後，愛理沙便移動至身體會碰到由弦的位置。
她凝視由弦的臉，彷彿在渴求什麼。
「那個……由弦同學。睡前……」
「晚安。」
由弦吻住愛理沙，堵上她的嘴。
愛理沙瞬間睜大眼睛，接著露出滿足的表情。
「……晚安。」
聽見愛理沙道完晚安，由弦關掉電燈。
兩人感受著彼此的體溫及呼吸，度過平靜的夜晚。

※

「哇哇，好豐盛……！拿什麼都可以嗎？」

「畢竟是自助餐嘛……」

由弦苦笑著回答兩眼發光的愛理沙。

來到遊樂園玩的隔天——

當天的早餐是飯店的自助餐。

菜色極其平凡，就是一般人想像中的「飯店早餐的菜色」。

由弦多少也會期待飯店的「吃到飽」，所以不是不能體會愛理沙的心情……

儘管如此，她的反應還是有點過度激動。

簡直像小學生。

明顯非常雀躍，那可愛的模樣令人會心一笑。由弦心裡是這麼想的——

「上次來是我小時候的事！」

愛理沙這句話卻讓他有點心痛。

不過，愛理沙本人應該沒有要把氣氛搞沉重的意思。

證據就是她笑咪咪的。

這種時候，由弦可不能露出凝重的表情。

「那我們去拿菜吧。」

「嗯！」

由弦和愛理沙拿著盤子，排進隊伍。

餐點有日式、西式、中式，基本款的菜色應有盡有。

（身為日本人，就是要吃日式料理……）

白飯、味噌湯、烤魚、煎蛋捲、納豆、海苔……

起初，由弦打算拿這些菜。

不過看到愛理沙夾起香腸放進盤子，他便改變主意了。

他突然猛烈地想吃香腸。

（不，還是吃西式吧。）

由弦將香腸放進盤子。

再搭個歐姆蛋捲和玉米湯。

他默默制定計畫……

然而看到愛理沙夾了燒賣放進盤子，他內心再度動搖。

（中式料理也不錯……是說愛理沙想把燒賣跟香腸配在一起吃嗎？）

仔細一想，又沒人規定要統一類型。

夾喜歡的食物、想吃的食物就好。

「……好。」

由弦放棄想得那麼複雜，將有興趣的餐點接連放進盤子。

大約一小時後——

「好飽……」

「……吃太多了呢。」

由弦和愛理沙坐在床上，疲憊地咕噥道。

吃到飽再加上菜色五花八門，導致他們不小心吃太多了。

「早知道就別吃最後的甜點。」

「我是被麵類撐飽的……」

兩人紛紛反省。

在內心決定下次吃自助餐的時候，只要吃到八分飽。

「什麼時候要出門？」

「還要一段時間才開園，慢慢來吧。」

幸好他們起得早，時間還算充裕。

兩人判斷勉強行動搞壞身體並不好，決定等早餐消化完再說。

看電視、趴在床上滑手機、看遊樂園的導覽手冊……各自消磨時間。

（嗯，這樣跟在家約會沒兩樣耶……）

由弦覺得有點浪費時間，開始思考有沒有好玩的事情可以做。

他望向趴在床上看導覽手冊的愛理沙。

把手伸向愛理沙的腹部。

「……怎麼了？」

肚子突然被摸，愛理沙一臉驚訝。

由弦笑著撫摸她的肚子。

「好鼓喔。」

「別、別這樣……！」

吃到鼓起來的肚子遭人揶揄，愛理沙撥開由弦的手。

然後瞪了由弦一眼。

「幹嘛那麼生氣……」

「你太粗神經了。再說……你哪有資格說人家？」

愛理沙把手伸向由弦的肚子。

由弦同樣吃太多了，肚子也有點鼓。

「說實話，我有點想睡……」
「……我懂你的心情。」
愛理沙苦笑著附和由弦。
原因除了剛吃飽以外，他們昨晚睡不太好，稱不上有精神。
「要賊一下嗎？」
「我想想……還是不要吧。大概會起不來。」
愛理沙用力搖頭，拒絕由弦的建議。
「待在床上會更想睡。雖然有點早，我們出門吧。」
「……嗯，妳說得對。」
為了睡回籠覺而縮減遊玩的時間，太可惜了。
兩人決定馬上退房，避免睡意加重。

※

「剛開始玩點輕鬆的遊樂設施吧。」
進入遊樂園後，由弦向愛理沙提議。
愛理沙摸了下肚子，苦笑著點頭。

「我也覺得這樣比較好。」

早餐吃太多了，他們都還沒消化完。

實在不會想在這個狀態下玩一下墜落一下旋轉的遊樂設施。

……不想讓吃下去的食物從嘴裡吐出來。

於是，兩人打算從相對溫和，可以體驗氣氛的遊樂設施玩起。

遊玩期間頂多只有五分鐘左右。不過將排隊時間算進去的話，玩一種遊樂設施會超過一小時。

體驗完一種遊樂設施後，令人難受的飽足感也已經消散。

「接下來要玩哪個？」

愛理沙興奮地問。

由弦想了一下，指向導覽手冊。

「要不要玩這個？」

由弦的意見令愛理沙的表情瞬間僵住。

他指的是昨天提到的恐怖系遊樂設施。

不僅可怕，同時也是大受好評的尖叫系遊戲。

「這、這個嘛……我、我……」

「會怕的話最好不要。」

連昨天稱不上多可怕的遊樂設施，愛理沙都從頭怕到尾。
這個遊樂設施據說比它更可怕，由弦不認為她受得了。
「會、會怕……可是，我想玩玩看。」
「……我覺得它比昨天玩的恐怖好幾倍，真的沒問題嗎？」
「沒、沒問題。昨、昨天是因為天色太暗……現在外面還很亮呀。」
「呃，昨天也滿亮的吧。」
燈飾、街燈、遊樂設施的燈光，照亮了整座遊樂園。
晚上也暗不到哪去。
「我說沒問題，就是沒問題！……還是由弦同學，你怕了？」
「什麼……！」
聽見出乎意料的挑釁，由弦反射性瞪大眼睛。
愛理沙對啞口無言的由弦露出得意的表情。
「我都說沒問題了，你還堅決反對……還會有其他原因嗎？」
她臉上寫著「被我說中了吧？」
有點可愛。
可愛歸可愛，由弦依舊有些不爽。
「好，瞭解。我不會再反對了。玩就玩。」

「我一開始就是這麼說的。」
愛理沙一臉心滿意足。
看來她真的覺得沒問題。
她膽子那麼小，那份自信到底源自於何方?由弦一頭霧水。
「……不要怕得抓著我不放喔？」
「我知道啦。」
愛理沙用力點頭，彷彿在表示「那還用說」。
……一個半小時後——
「呼、呼……也、也沒有……多、多恐怖嘛。」
愛理沙抓著由弦的手臂，兩腿瑟瑟發抖。
剛玩完的時候她嚇得徹底軟腳，甚至沒辦法站起來走下遊樂設施，現在這樣已經是大幅恢復後的狀態。
「愛理沙，可不可以放開我？這樣我很難走路。」
「你、你怎麼講這種話？不、不要這麼狠……」
愛理沙抬頭看著由弦，重新抓緊他的手臂。
肌膚柔軟的觸感隔著衣服傳來。
換作平常，由弦會覺得自己賺到了，讓她抓著自己不放。今天他卻沒有那個心情。

「就叫妳別抓我了。」

「嗚、嗚嗚……」

愛理沙聞言，緩緩放開手。

頓時連站都站不穩。

她急忙抱住由弦的手臂。

「外面還很亮喔？」

妳不是天色還亮就不會怕嗎？

由弦帶著似笑非笑的笑容詢問愛理沙。

愛理沙尷尬地別過頭。

「那、那個……比我想像中還可怕……」

「我提醒過很多次了。」

「是、是我錯了……對不起。這樣你願意原諒我嗎？」

愛理沙眼泛淚光，仰望由弦。

由弦判斷繼續欺負她太可憐了，苦笑著點頭。

「原諒妳。」

「……謝謝。」

兩人必須等到愛理沙的腿恢復力氣才能正常移動。

由弦扶著愛理沙坐到附近的長椅上。
「我以為心臟會從嘴巴跳出來……」
愛理沙終於停止顫抖，再次發表感想。
由弦問她：
「妳該不會嚇得尿出來了吧？」
「咦……？怎、怎麼可能……」
這個問題有一半是開玩笑的，愛理沙卻明顯不敢正視他。
由弦不禁板起臉。
「……不會吧？」
「沒、沒有啦！沒有尿出來！」
「……沒有尿出來？」
他從這句話之中察覺異狀，接著追問。
愛理沙尷尬地閉上嘴。
由弦緊盯著她，把臉湊近。
「……差一點。」
愛理沙受不了被人這樣看，低著頭說。
接著慌張地抬起臉，逼近由弦。

「真的沒尿出來喔？」

「那就好……」

「只是差一點而已。沒有尿出來！」

「差一點也夠誇張了……」

「沒有尿出來！」

「好好好，知道了。」

由弦輸給愛理沙的氣勢，不停點頭。

愛理沙終於滿足，坐回椅子上。

「不過挺有趣的。這次我太害怕，沒辦法集中注意力，下次我想專心玩玩看。第二次就不會那麼恐怖了吧。」

「妳真的學不乖耶……」

由弦不禁傻眼。

※

「快到中午了……要吃午餐嗎？」

由弦看了下手錶，詢問愛理沙。

愛理沙摸著肚子回答：
「唔、唔……我好像還沒消化完，可能會吃不下。」
「我想也是。」
由弦也不太餓。
胃裡感覺還剩下一些早上吃的食物感覺。
實在不想去餐廳吃正餐。
「看要晚點吃……還是吃點爆米花就好？」
由弦指著剛好出現在數十公尺前方的店家。
那裡飄出一股香氣。
「就吃爆米花吧。可以在排隊的時候吃。」
兩人起身走到店家前面。
愛理沙看著菜單詢問由弦：
「你要哪種口味？我想吃焦糖的……」
「我想想……」
與其買同一種口味，不如選不同口味分著吃。
愛理沙應該也會這麼想。
「……有巧克力口味耶。」

她瞄了由弦的臉一眼。

愛理沙似乎對巧克力口味有興趣。

「兩種甜口味啊……另一種選鹹的比較好吧。」

由弦心想，感覺會很膩。

雖然她現在想吃甜的，但等等搞不好會反胃。

「……這樣呀，說得也是。啊，還有咖哩口味。」

愛理沙又瞄了由弦的臉一眼。

如果巧克力口味不行，我想吃咖哩口味。

她沒有直說，卻寫在臉上。

「那我買咖哩的。」

由弦苦笑著說，愛理沙樂得兩眼發光。

然後跟店員點餐。

「巧克力和咖哩口味的各一份。」

妳不是要吃焦糖口味嗎？

由弦下意識望向愛理沙的臉。

愛理沙害羞地搔著臉頰。

「……我還是想吃巧克力口味。不行嗎？」

「沒關係啊。」

若她選的是咖哩和薄鹽這種鹹口味跟鹹口味的組合，由弦可能會提出異議……

還是鹹甜組合的話，他自然沒有意見。

「我也很好奇。」

他在電影院吃過焦糖口味的爆米花，巧克力口味倒是從來沒吃過。

得知由弦也對巧克力口味有興趣，愛理沙高興地笑了。

「那就好。」

爆米花裝在能夠掛在脖子上的容器內，或許是想讓遊客可以帶著爆米花乘坐遊樂設施。

是遊樂園吉祥物外型的可愛容器。

由弦和愛理沙坐回長椅上，開始享用爆米花。

「咖哩口味……比想像中還不辣。」

「巧克力口味……嗯，就是巧克力味。」

兩人分食著爆米花，比較兩種口味的差異。

輪流品嘗鹹口味和甜口味，吃膩了就喝茶。

吃到剩下三分之一左右時，他們站起身。

「剩下的留到排隊時吃吧。」

「好呀。」

兩人走向附近的遊樂設施。
走到目的地附近時，愛理沙忽然停下腳步。
「怎麼了？」
「……你會不會想吃吉拿棒？」
「還好耶……」
愛理沙突如其來的提議，令由弦感到疑惑。
他順著愛理沙的視線看過去，只見前面有家賣吉拿棒的店。
愛理沙似乎被勾起了食慾。
「想吃就去買啊？排隊時吃掉就行了吧？」
吃一根吉拿棒花不了多久。
排隊的期間就吃得完，不至於妨礙她玩遊樂設施。
「可是還有爆米花……我怕吃不下。」
「原來如此。」
爆米花比想像中有飽足感。
愛理沙目前不怎麼餓，不知道吃不吃得下爆米花加吉拿棒。
她在擔心這個。
「所以，那個……你要不要跟我分一半？」

「好啊。」

由弦不會特別想吃吉拿棒，但也不會不想吃。

有得吃他會吃，只有一半的話，他有自信爆米花和吉拿棒都吃得下。

「口味……」

「妳選就好。」

聽到他這麼說，愛理沙喜孜孜地笑了，立刻買來吉拿棒。

有股淡淡的香甜氣味。

「妳買哪種口味？」

「焦糖。」

放棄焦糖爆米花的愛理沙，果然依舊對焦糖口味念念不忘。

「好好吃。」

剛排進等等要坐的遊樂設施的隊伍，愛理沙就開始吃吉拿棒。

一臉幸福。

「愛理沙……」

「給你。」

不是要分我吃嗎？

由弦話還沒講完，愛理沙便將吉拿棒拿到他嘴邊。

他張嘴咬住吉拿棒。
「好吃嗎？」
「嗯，好甜。」
「太好了。」
愛理沙露出燦爛的笑容。

※

「哇！好漂亮！」
太陽下山後——
愛理沙拿起手機拍攝用燈飾點綴得五彩繽紛的遊行隊伍，語氣輕快。
「嗯，真的。好可愛。」
由弦也看著興奮地跳來跳去的愛理沙說道。
老實說，由弦對這種燈飾、遊行的興趣沒有愛理沙那麼大。
不過光看見未婚妻這麼開心，他就心滿意足了。
快樂的時間轉瞬而逝，遊行落下帷幕。
閉園時間也一分一秒接近。

「嗯……有點晃得太嚴重了。」
愛理沙檢查自己拍的影片，語帶不滿。
錄影時她興奮得跳了好幾次，所以沒錄到太好的畫面。
「有留在心中不就行了？」
比起專注錄影而沒好好欣賞遊行，由弦認為太專心看遊行而錄不好影片反倒比較好。
「是沒錯……早知道就拍個照。」
「我有拍。」
「真的嗎！」
由弦點頭肯定，秀出自己的手機給愛理沙看。
螢幕上顯示的是單手拿著手機在原地跳躍，笑容滿面的愛理沙。
「我、我原來是這種表情……」
「很可愛。我想設成桌布。」
「絕對不要。」
聽見由弦的玩笑話，愛理沙低聲警告，瞪向由弦。
由弦自認拍得挺可愛的，愛理沙卻對自己的表情有意見。
想必是因為那不是以被拍為前提露出的笑容。
「最重要的遊行隊伍幾乎沒拍到。」

「重要的是回憶吧？妳在現場的證明更珍貴不是嗎？」

「那你是不是也該入鏡？」

「……這個嘛……嗯，有道理。」

他們當然在這座遊樂園拍了好幾張合照。

卻沒跟剛才的燈飾和遊行拍到照。

「那麼下次記得拍吧。」

「下次……說得對！」

愛理沙聽了，臉上綻放笑容。

然後露出有點哀傷的表情。

「……那今天就回去吧。」

「嗯。拖太晚也不好，買完土產就回家吧。」

兩人依依不捨地踏上歸途。

※

抵達愛理沙家門前時，夜幕已然低垂。

「今天謝謝你。我玩得很開心。」

愛理沙朝面前的由弦輕輕低頭致意。

這次策劃遊樂園約會、負責買票訂飯店的人，主要是由弦。

不過門票費和住宿費當然是各出一半。

「不會，我也很開心。都是因為有妳在。」

升上高中後，去遊樂園的機會也會減少。

由弦上次去遊樂園，是數年前和家人一起去的時候。

如果沒有愛理沙，他八成不會想去。

是愛理沙給了他去遊樂園玩的機會。

「聽見你這麼說，我好高興……明年我還想再去一次。可以考慮換成夏天去。」

「好主意。」

冬天和夏天的玩法不同，能看見的表演也不一樣。

整座遊樂園的氛圍大概也會有大幅度的改變吧。

「……下次去西邊的或許也不錯。」

「西邊的？啊！我懂了。不錯呀，我沒去過那邊！」

「找機會多去點其他地方玩吧。」

機會要多少有多少。

由弦彷彿在這樣告訴自己。

這次的約會，由弦留有一絲遺憾。
那就是……
（或許可以表現得更像情侶。）
在浪漫的氣氛下接吻。
沒什麼機會做這種事。
頂多只有睡前的晚安吻。
（愛理沙比想像中更孩子氣呢。）
想到在遊樂園興奮不已的愛理沙，由弦面露苦笑。
玩得跟小學生沒兩樣的愛理沙，令他感到錯愕。
當然，這樣的愛理沙也挺可愛的。
光是能看見她開心、幸福的模樣，由弦就心滿意足。
滿分一百分的話，這次的約會可以給一百二十分。
不過跟他原本追求、想像的約會有些許出入，這也是事實。
「……由弦同學？」
「咦？喔，抱歉。呃……妳剛剛說什麼？」
愛理沙不知何時湊到了由弦面前。
抬頭凝視由弦。

「我沒說話呀……」
她臉頰微微泛紅，羞澀地移開視線。
然後像是作好覺悟似的面向由弦，雙手放在他的肩上。
「愛、愛理——」
「唔。」
由弦回過神時，愛理沙已經吻住了他。
經過約五秒的長吻，愛理沙慢慢離開由弦。
她後退三步，轉過身去。
「明天見。」
「嗯、嗯！明天見。」
愛理沙逃進家中。
被留在原地的由弦輕觸自己的嘴唇。
那裡還殘留著愛理沙的體溫。
「……愛理沙是不是也有點欲求不滿？」
這次的「道別」比以往更久。
肯定是因為愛理沙也和他有類似的感受。
由弦在內心祈禱自己的推測是正確的，回到家中。

第二章　婚約對象和新年

除夕傍晚——

「把牙籤刺進這個部分，就能去掉蝦腸……像這樣。你試試看。」

「唔……這、這樣嗎？」

「對。做得很好。」

由弦正跟愛理沙一起去蝦腸。

嚴格來說，是在幫要放在「跨年蕎麥麵」上的「炸蝦」備料。

「對了，彩弓妹妹她……」

「彩弓怎麼了？」

「她有打流感疫苗嗎？」

「有吧？我家的人每年都會去打……」

「她打了還得流感，不是白打了嗎？」

由弦的妹妹高瀨川彩弓，因為罹患流感而臥病在床。

由弦除夕是跟愛理沙共度，而非回老家的原因就在於此。

彩弓生病了，所以往年高瀨川家會辦的活動全部停辦。

「不不不，打疫苗應該能減輕症狀。反而該慶幸有打。」

「哦……」

「妳一臉不以為然的樣子……還在怕打針喔？」

愛理沙搖頭否認。

「怎麼可能？打個針而已，對現在的我來說算不了什麼。我只是覺得……她好可憐。」

「這樣啊，那就好。看來明年也可以帶妳去打疫苗嘍。」

明年——雖然真的上考場是在後年——由弦和愛理沙都要考大學。

比起今年，反而是明年更重要。

「嗯、嗯……沒、沒問題。只不過，那個……你要陪我喔？明年也要……」

這句話勾起由弦之前陪愛理沙去醫院的回憶。

他記得自己有點——不，是相當難為情。

老實說，並不想經歷第二次。

「……那當然。」

但他開不了口拒絕努力鼓起勇氣打疫苗的未婚妻。

由弦好不容易點頭答應。

「……那陣沉默是什麼意思？」

「沒有特別的意思。」
「是嗎？……就算你不想，我也會拖你陪我去。請你銘記在心。」
看來陪愛理沙去醫院是強制性的，與由弦的意願無關。
不過，雖說有附加條件，然而愛理沙自己下定決心要去打疫苗，對由弦來說值得高興。
「我知道。明年一起去打疫苗吧。」
「好的，一起去吧。」
為將來的「醫院約會？」做好約定時，蝦腸也去完了。
接下來只要拿去跟其他蔬菜一起炸即可。
「讓你炸東西……我不太放心，所以我來就好。請你幫忙煮蕎麥麵……這個你會吧？」
「這還用說。煮熟就行了吧？」
煮個蕎麥麵不成問題。
煮麵線或泡麵這點小事，由弦也做得來。
「是嗎？……煮好後記得用水讓麵條收縮喔。」
「讓麵條……收縮？」
「用冷水沖洗的意思……你會吧？」
「會是會……呃，我們等等要做的是熱的蕎麥麵吧？」
用冷水沖會涼掉。

直接放進湯裡不就行了，何必多做這個步驟？由弦向愛理沙表達疑惑。
「……冰鎮後口感會變好。請記得這一點。」
「原來如此。不過把冷麵條放進熱湯，湯不會涼掉嗎？這……」
「把麵條放進去後，會再加熱一次……我到時跟你說，請你先把麵條煮好。」
「瞭、瞭解……」
由弦點點頭，在鍋裡裝滿水燒開。
燒水的期間，愛理沙俐落地炸好天婦羅。
「照包裝上說的做就行了吧？」
燒好熱水後，由弦再次詢問愛理沙。
愛理沙看了由弦那邊一眼。
「是的，照包裝上說的做就好……要仔細計算時間喔？」
「我知道。」
由弦拿出手機，設定好計時器，將蕎麥麵放入鍋中。
聽從愛理沙的指示，按照包裝上的說明煮麵。
「煮好了……接下來要怎麼做？倒進竹簍用冷水沖？」
「是可以，但這樣很浪費煮麵水……我想想看喔。先把麵條夾進大碗，在洗手槽把麵條倒進竹簍再沖吧。」

「好。」

由弦照愛理沙所說夾出蕎麥麵，從大碗裡倒進竹簍，用冷水沖洗。

他邊沖洗麵條邊問愛理沙：

「大概要洗多久？」

「直到麵條不燙為止。沖完記得瀝乾。」

「好。」

由弦嚴格遵守愛理沙的命令，用冷水讓麵條收縮。

愛理沙在炸天婦羅的同時依然不停瞄向由弦，似乎非常不安。

「好了……接下來要做什麼？」

「這個嘛……我也快炸完了，把麵條放進湯裡吧。然後再加熱一次。」

麵湯是愛理沙事先煮好的，裝在一個小鍋子裡面。

由弦將徹底瀝乾水分的蕎麥麵放入其中，開火加熱。

判斷溫度夠高後才關火。

「好了。」

由弦面向愛理沙。

愛理沙已經炸完天婦羅了。

「我也準備好了。裝進碗裡吧。」

由弦把蕎麥麵連同麵湯一起盛進事先拿出來的碗裡。
再由愛理沙放上天婦羅。
最後撒上少許蔥花……大功告成。
兩人端著蕎麥麵走到客廳。
雙手合十……
「「我開動了。」」
開始享用一起煮的蕎麥麵。

※

「呼……真好吃……愛理沙做的料理果然是最美味的。」
由弦喝著麵湯對愛理沙說。
今年的跨年蕎麥麵，比往年在老家吃到的更美味。
因為是跟心愛的未婚妻一起吃的……
再加上未婚妻做的料理，對由弦來說是最美味的。
「這次你不是也有幫忙嗎？」
「嗯，對啦，確實有幫忙。」

然而，由弦只有負責簡單的步驟……愛理沙不讓他幫更多忙。
而且，基本上他只有聽從愛理沙的指示行動，跟機器人一樣。
所以絕大部分是愛理沙做的。
「你比以前進步了呢。」
「是嗎？」
得到愛理沙的稱讚，由弦下意識揚起嘴角。
距離開始幫忙愛理沙做菜後過了一段時間……如今他終於得到愛理沙的認同。
「嗯。以前非得在旁邊看著我才能放心，最近慢慢覺得稍微可以放手了。」
「……我是小嬰兒嗎？」
「對呀。總算學會站著走路的感覺。」
「真嚴格……」
可是以愛理沙的廚藝來看，由弦確實跟幼兒沒兩樣。
他無法反駁。
「來看電視吧。妳可以自己轉台。」
由弦把遙控器交給愛理沙。
不是沒有想看的節目，但他更好奇愛理沙會選什麼節目看。
「要看什麼呢……」

愛理沙拿遙控器對著電視，轉了好幾次台。
最後選的是搞笑節目。
有點意想不到。
「……因為我在家不太會看。」
由弦的想法大概是表現在臉上了。
愛理沙像在找藉口似的苦笑著說。
「怪不得……」
由弦腦中浮現她養母的面容。
的確，她看起來就不是愛看搞笑節目的人。
「……你不喜歡搞笑節目嗎？」
「不會啊。我也沒看過，看這個挺好的。」
由弦當然不可能從來都沒看過搞笑節目。
不過年末播的這個固定節目，他未曾看過。
「你沒看過呀？」
「因為我家的轉台權是按照輩分排的。」
「噢……」
愛理沙面露苦笑。

按照輩分排，代表選擇節目的權力掌握在由弦的祖父高瀨川宗玄手中。
宗玄絕不討厭搞笑節目，可是年末他會想看歌唱節目。
假如由弦、彩弓這兩個孫子輩的跟他鬧脾氣，宗玄當然願意讓出遙控器。
可是兩人從來沒有鬧過脾氣。
因為由弦和彩弓也不排斥看歌唱節目。
他們是看歌唱節目長大的，這也是理所當然。
由弦跟愛理沙愜意地看著電視，偶爾聊幾句話。
節目快播完時，愛理沙站了起來。
「怎麼了？」
「我好像聽見除夕的鐘聲……嗯，在敲鐘了。」
她走到窗邊豎起耳朵。
由弦有點驚訝時間過得那麼快，拿起遙控器。
「要不要關電視？」
「我是滿想聽鐘聲的……不過這裡是你家，該由你決定。」
「那就關掉吧。我也想聽。」
由弦關掉電視。
房間頓時變得一片寂靜。

窗外傳來響徹四方的低沉鐘聲。
「喔，聽得好清楚。」
「今年……快結束了呢。」
愛理沙感慨地說。
由弦也聽著鐘聲，回憶今年發生的事。
「對了……妳的願望實現了嗎？」
「……願望？」
「今年新年參拜的願望。」
愛理沙聞言，臉上浮現苦笑。
大約一年前，愛理沙在神社許願「希望今年也能和由弦同學在一起」。
答案再明顯不過。
因為他們依然在一起。
「實現了……那你呢？」
「我的也實現了。」
由弦也苦笑著回答。
他的願望跟愛理沙一樣，根本不必問。
「說到新年參拜……明天得早起，敲完鐘就要趕快上床睡覺呢。」

今年他們約好跟朋友一起去新年參拜。
沒有要看日出，所以不必在天亮前起床。但他們約的時間在上午，算滿早的時間帶。
「說得也是。」
由弦點頭附和愛理沙。
兩人都已經洗好澡，可以直接上床睡覺。
「是嗎……今年快結束了啊。」
由弦目不轉睛地看著愛理沙的臉。
愛理沙納悶地歪過頭。
由弦仍舊緊盯著她。
愛理沙面露苦笑，看起來很困擾。
由弦把臉湊得更近，害愛理沙更加難為情，別過頭去。
「到、到底是怎樣啦……」
「快看不見今年的愛理沙了，我想趁現在多看點。」
「只剩一小時而已，不會有差啦。」
「照妳這個說法，新年不也沒差？」
由弦把手放在愛理沙肩上摟住她。
愛理沙似乎察覺到由弦的意圖，心不甘情不願地把臉湊近由弦——表情看起來卻並不排斥。

「今年最後的……可以嗎？」

「……請便。」

由弦決定聽愛理沙的話，隨心所欲。

他一隻手環住她的身體，另一隻手放在她的後腦杓處，撐著她的頭。

「嗯……」

兩人雙唇交疊。

因為是今年的最後一次，這個吻比平常更深、更長。

他們緩緩離開對方。

鐘聲在同時響起。

兩人一同望向時鐘。

時間正好是凌晨十二點。

一年結束，開始新的一年。

「新年快樂，愛理沙。」

「嗯。新年快樂。」

兩人相視而笑。

由弦對愛理沙說：

「對了，新年的第一次──」
話還沒說完，愛理沙就堵住他的嘴。
被先發制人的由弦驚訝得睜大眼睛。
愛理沙緩緩移開嘴唇。
「由弦同學今年的第一次，由我收下了。」
她豎起食指抵著嘴唇，露出淘氣的微笑。

※

新年當天的早上──
「哇……這個年糕好好吃。」
愛理沙吃著用海苔包起來烤的年糕，兩眼圓睜。
年糕是由弦烤的……當然是交給烤箱，並非由弦發揮了天才般的廚藝。
純粹是年糕本身好吃。
「年糕果然就是要跟年糕店買……嗎？」
由弦點頭贊同愛理沙的發言，咬下烤年糕。
味道和每逢新年都會在老家吃到的年糕一樣。

由弦家每年固定會跟年糕專賣店買年糕。

今年是請家人寄到由弦住的華廈。

「妳煮的年糕湯更讓我感動。」

由弦津津有味地喝著清湯。

柴魚及海帶的鮮味和香氣，充分融入醬油風味的關東風高湯中。

烤年糕吃起來跟平常沒兩樣，放進年糕湯裡的年糕卻截然不同。

吸進高湯，變得美味好幾倍。

「很高興你喜歡……有機會的話，明年我也可以煮給你吃。」

「別說明年，真希望妳每天都煮。」

愛理沙露出苦笑：

「你又來了……小心吃膩喔？」

「妳做的菜我怎麼可能吃膩……可是喝不到味噌湯，我好像不能接受。」

愛理沙的那句話令由弦改變想法。

年糕湯固然難以割捨，但愛理沙的味噌湯要通通換成年糕湯，實在很可惜。

「說到味噌湯……關西風的年糕湯是加白味噌做的，很好喝喔。跟味噌湯有點不一樣就是了……」

「……關西風？咦，妳會做嗎？」

「硬要說的話是會做沒錯……不過不知道跟正統的關西風味道有沒有一樣。我家會每天換不同口味，以免吃膩。」

「哦……」

由弦是關東人，沒吃過關西風的年糕湯。

因此他非常好奇。

「……想吃嗎？」

「想吃。」

「那明天來做吧。」

可惜沒有圓形的年糕，算不上真正的關西風。

愛理沙苦笑著說。

對愛理沙而言，用哪種年糕或許很重要，由弦關心的卻是好不好吃。

由弦不認為年糕多四個角會嚴重影響味道，所以他毫不介意。

「是說愛理沙，年糕有幾種吃法？」

「……吃法嗎？」

「我只想得到海苔烤年糕、沾砂糖醬油、沾黃豆粉……」

年糕再美味，天天吃也會吃膩。

而且每年的量都多到新年期間吃不完。

是因為老家那邊也嫌年糕太多嗎……

家人寄給由弦的量，多到他一個人根本不可能在過年期間吃完。

由弦的母親說拿去冷凍可以放很久，但由弦並沒有特別愛吃年糕。

不用想都知道遲早會吃膩。

「我想想看喔。你說的吃法確實很美味，不過……還有其他吃法。」

「……例如？」

「比較普遍的是用培根和起司捲起來吃。」

「喔……」

聽起來的確不錯。

培根和起司單吃就很美味，這個組合不可能不好吃。

「其他的呢？」

「其他的嗎？配生雞蛋怎麼樣？」

「生雞蛋！呃，可是……好吧，原來它們可以搭一起……」

有生雞蛋拌飯這種食物。

由弦懶得煮飯時也會吃，是簡單美食的代表。

蛋和白米怎麼配都好吃。

既然如此，蛋和年糕配在一起，就不可能難吃。

「配奶油和納豆也很好吃。」

「我懂了……下飯的食物大多都能拿來配嗎？」

生雞蛋可行的話，配納豆應該也不錯。

「雖然比較費工，不過還可以用平底鍋煎酥，做得像披薩那樣。」

「喔！聽起來很讚。」

儘管這個做法會失去年糕的口感，但吃到不只味道，連口感都吃膩的時候，正好適合這樣料理。

由弦決定等等要跟愛理沙請教食譜。

暢談年糕吃法的期間，兩人吃完了年糕湯和烤年糕。

「那麼……我要去做個準備，先走嘍。」

收拾完餐具，愛理沙告訴由弦。

她事前就跟由弦說過「我要花時間準備，所以我們別一起去，在當地會合吧」，因此由弦並不驚訝。

「準備啊。」

由弦露出苦笑。

愛理沙要準備什麼，他大致猜得到。

說出答案並不難。然而……

由弦沒有那麼不識相。
「那我之後再慢慢過去。」
「好的……敬請期待。」
就這樣，由弦暫時和愛理沙分別。

過了一會兒，由弦前往離神社最近的車站。
宗一郎已經到了。
「久等了。」
「真的等超久。」
「……通常這種時候不是該說『我也才剛到』嗎？」
慢死了！
由弦苦笑著對悶悶不樂的朋友說。
「我又不是你的男朋友。當然也不是婚約對象。」
「說得也是。」
由弦笑著回答宗一郎，宗一郎也笑了。
擺出一副悶悶不樂的態度，是他開玩笑的方式。
離集合還有一段時間，而且有兩個人尚未出現。

「對了，你不是跟愛理沙同學一起來的嗎？」

「她說她有事要準備，叫我自己先來。看這情況，可能得等一下。」

「原來如此……哎呀，我這邊也差不多。」

聽完由弦的解釋，宗一郎表示理解。

兩人開始閒聊。

不久後，背後傳來精力十足的聲音。

「宗一郎、由弦弦。對不起，等很久了嗎？」

由弦的青梅竹馬穿著鮮紅色的和服出現。

是橘亞夜香。

這次她好像有化淡妝。

亞夜香的相貌原本就偏成熟，今天又更有魅力了。

「對不起，讓你們久等了……不小心花了一些時間。」

亞麻色頭髮的少女客氣地道歉，笑著從亞夜香身後走出。

是由弦的未婚妻——雪城愛理沙。

她穿著綠底紅花的和服。

頭髮也盤起來，臉上化了淡妝……

平常就美得無需贅言，今天的她又散發出一種不同的美。

對不起，久等了。

兩位男性同時搖頭，回應兩位少女。

「「沒關係，我們也才剛到。」」

由弦牽起愛理沙，宗一郎則牽起亞夜香的手。

「走吧。」

「好的。」

「出發嘍。」

「嗯。」

四人緩慢——配合穿木屐的兩位女性的速度——走向前方。

※

「先不說小千春和小天香，小聖聖沒來真可惜。」

走沒多久，亞夜香便帶著看起來不太惋惜的表情說。

千春和天香的老家在關西，當然不能跟大家一起去新年參拜——再說，老家是神社的千春還得幫家裡的忙。

相較之下，聖住得離由弦他們還算近，一行人便約他一起去參拜。

「……畢竟他好像有很多事要忙。」

宗一郎苦笑著說。

過年期間，聖要幫家裡的忙——平常就有交流的那些人會來訪，需要做好接待客人的準備。

所以沒空來參拜。

事情就是這樣。

「他家那麼近，出來參拜一下又不會花多少時間……」

亞夜香疑惑地歪過頭。

橘家當然也得準備接客……不過這種事，亞夜香沒想過要自己做。

她覺得只要負責下達指示，最後再檢查一遍即可，其他事大可讓傭人做。

這個觀念並沒有錯。

良善寺家也不可能只讓自己家的人做事，因此聖離開一下，不至於有太大的影響。

聖說的「忙」一半是事實，一半是謊言。

（……不想陪兩對情侶約會嗎？）

想起聖說過的話，由弦不禁苦笑。

簡單地說，就是在為他們著想。

一部分應該也是覺得尷尬。

「哇……好多攤販！跟祭典一樣！」
來到神社前，愛理沙樂得拍手，臉上漾起燦爛的笑容。
道路兩側是以參拜客為目標的攤販。
她四處張望，好奇這裡有賣什麼東西。
「……總之，先去參拜吧？」
看到愛理沙快被攤販發出的香味吸引走，由弦輕輕拉住她。
愛理沙猛然回神，接著故作鎮定。
「嗯、嗯……你、你說得對。那當然。」
四人沒有繞到其他地方逛，直接去神社參拜。
「……今年妳許了什麼願望？」
愛理沙露出淘氣的表情回答由弦：
「跟去年一樣。你呢？」
「我也是。」
兩人相視而笑。
亞夜香興致勃勃地加入對話。
「怎樣？你們去年許什麼願望？」
「祕密。」

「祕密。」

由弦和愛理沙笑著回答，亞夜香板起臉來。

他們擁有「共同的祕密」，好像讓亞夜香有被排擠的感覺。

「咦——故意不說反而更令人在意耶……」

「反正八成是『明年也想繼續膩在一起』之類的願望吧。」

宗一郎在一旁安撫亞夜香。

被說成這樣，由弦跟愛理沙也想回敬他一句。但宗一郎大致上猜得沒錯，兩人無言以對。

「難得來一趟神社，要不要寫繪馬？」

安撫完亞夜香，宗一郎面向兩人說道。

他指的地方有在販售繪馬。

「不錯啊。」

「嗯。」

由弦和愛理沙雖然隱約察覺到宗一郎的意圖，依舊點頭贊成。

他們買了繪馬，借來神社的麥克筆寫下願望。

——希望明年也能跟未婚妻在一起。

——希望明年也能跟未婚夫在一起。

兩人分別寫下願望，掛在專門供奉繪馬的地方。

亞夜香偷看了內容，對宗一郎微笑。

「不愧是宗一郎，猜中了。」

「對吧？」

「「……」」

遭到亞夜香和宗一郎揶揄，由弦和愛理沙忍不住皺眉。

他們看了兩人寫的繪馬，企圖報復。

──希望叔叔能找到好對象。

──希望弟弟的戀情開花結果。

「「……」」

內容是為他人的幸福祈願，而不是為自己……非常懂事。

這樣很難挑毛病。

然而，不是完全沒有地方可以吐槽。

「弟弟的戀情，那不就是跟我妹……」

「哎呀，希望靈驗嘍。」

宗一郎愉悅地拍拍由弦的肩膀。

四人接著去抽了籤。

由弦和愛理沙校外教學抽到的籤不怎麼好，這次卻抽到大吉。
新的一年有個好起頭，兩人鬆了口氣。
……可是宗一郎跟亞夜香也抽到大吉，這間神社的籤搞不好大部分都是大吉。
「咦？愛理沙……妳要買破魔箭喔？」
「是的。我想放在房間……很奇怪嗎？」
「是不會……」
有別於數百日圓就能買到的護身符，破魔箭要數千日圓。
以女高中生買來給自己用的物品來說，價格有點偏高。
「最近手頭比較寬裕。要買的話，我想選感覺比較有效的。」
「是喔……？」
由弦不太能理解……
不過愛理沙喜孜孜地看著破魔箭，他決定別管那麼多。
說不定她的心情跟校外教學買木刀當紀念品的人一樣。
「總之，該做的事都做完了……」
宗一郎和亞夜香選購完護身符後，愛理沙委婉地開口，一副坐立不安的模樣。
由弦笑著點頭。
「去逛攤販吧。」

「好的！」

愛理沙開心地附和。

由弦對宗一郎和亞夜香使了個眼色，問他們：「你們也會去吧？」

兩人苦笑著點頭。

※

「要先吃什麼呢？」

「我想吃熱呼呼的東西……例如那家關東煮。」

「好主意！就吃那個吧。」

愛理沙和亞夜香擅自決定，快步走向賣關東煮的攤販。

由弦和宗一郎連忙追上去。

「我要蘿蔔、蛋和海帶……由弦同學呢？」

「咦？喔，我才……」

剛吃過早餐。

由弦本想這麼說，卻發現愛理沙的意圖而立刻閉上嘴巴。

「……吃妳推薦的就好。」

「是嗎？那……我要蒟蒻、蒟蒻絲和……那是香腸對吧？……點個香腸吧。」

愛理沙點完餐，靈活地用筷子將關東煮分成兩半。

想吃的種類很多，一個人又吃不完，希望由弦跟他分一半。

愛理沙似乎是這樣想的。

「很少在關東煮裡看到香腸……比想像中還好吃耶。」

「會嗎？我倒覺得挺常見的……燉菜鍋裡也會放香腸。」

「因為燉菜鍋是西式料理嘛。本來以為加進關東煮，味道會變得很奇怪……沒想到香腸和日式料理那麼搭。」

對由弦而言，關東煮裡放香腸絕不稀奇，對愛理沙來說卻是意料之外的新發現。

每個家庭放的料都不一樣。

一般人不會常在外面吃關東煮，除非去便利商店買。

覺得自己家不會放的料奇怪，其實也滿有道理的。

「如果要加香腸，不覺得西式湯頭更適合嗎？不對，這樣就變燉菜鍋了……」

「……不必想那麼認真吧。」

看到愛理沙這麼認真地思考關東煮的料理方式，由弦露出無奈的笑容。

愛理沙的廚藝更上一層樓，他當然舉雙手慶賀，但這不是現在該思考的問題。

「呃，可是這很重要……」
「那改天妳試做給我吃吧。我跟妳一起做。」
「唔……但我想讓你吃到最美味的版本……」
「我好奇妳是怎麼研究食譜的。」
愛理沙害羞地搔著臉頰。
「是嗎？……那就這樣吧……你的感想也很重要。」
聽見兩人的對話內容，亞夜香忽然面向宗一郎。
「來，宗一郎。嘴巴張開──」
「幹、幹嘛突然餵我？」
「我想說我們也不能輸。」
「不用比這個啦。」
兩人突然開始放閃。
由弦和愛理沙面面相覷。
「原來在其他人眼中是那個樣子……」
「……我們也要注意點。」
事到如今，他們才意識到。

※

「啊……好溫暖……」

「甜甜的真好喝。」

亞夜香和愛理沙喝著甜酒，臉上寫著幸福兩字。

繼關東煮、章魚燒後，一行人來到第三家攤販。

剛開始就想去逛攤的愛理沙自不用說。亞夜香原本擺出一副「我就陪妳逛逛吧」的態度，結果現在也跟愛理沙一樣，高興地又吃又喝。

「愛理沙同學早上沒吃嗎？」

宗一郎小聲詢問由弦。

由弦困惑地搖頭。

「有啊，記得她跟我吃得一樣多……」

由弦早上才吃過愛理沙煮的美味年糕湯，沒什麼食慾。

愛理沙卻並非如此。

「順便問一下，小亞夜香呢？」

「她在簡訊裡說她吃過了……所以不會買太多攤販的東西吃。」

宗一郎也感到疑惑。
他跟由弦一樣吃過早餐了，缺乏食慾。
「老實說，我好撐。」
「對啊……開始不舒服了。」
他們倆都有陪愛理沙和亞夜香吃。
還吃得比她們多。
我們是女生，吃不下這麼多，不過男生應該吃得下吧？
她們像這樣把多的食物硬塞給兩人。
當然不全是愛理沙和亞夜香的錯。
兩人都有先確認由弦和宗一郎吃不吃得下。
是他們自己要打腫臉充胖子，回答：「這點量沒問題啦。」
「接下來要吃什麼呢？」
「我有點好奇那個用竹籤串著的洋芋片。」
「啊，螺旋馬鈴薯嗎？好呀。」
愛理沙和亞夜香喝著甜酒，討論接下來要吃什麼。
由弦和宗一郎面面相覷。
「怎麼辦？要不要阻止她們？」

「……前一秒才說吃得下，現在喊停有點那個耶。」
剛講過那種大話，他們沒臉投降。
可是由弦和宗一郎都吃不下了。
「想辦法說服吧……」
「是啊……她們應該也吃得很飽才對。」
兩人看準愛理沙和亞夜香喝完甜酒的時機，叫住她們。
「差不多該解散了吧？」
由弦開口第一句話就是這個。
亞夜香面露疑惑。
「好突然喔……你們之後有安排行程嗎？」
亞夜香看著愛理沙問。
她知道由弦和愛理沙會一起過新年。
大概是覺得兩人等等要去約會。
「沒有呀……？」
愛理沙一頭霧水。
「沒有特別的原因啦。只是覺得時間也不早了……又有點冷。要是感冒就糟了。」
由弦拿天氣當藉口。兩位女性露出同意的表情。

愛理沙與亞夜香的確也覺得冷。
「最後要不要吃點熱的？」
「好呀。紅豆湯如何？」
「不錯耶。我剛才看到那邊有在賣……」
演變成要在最後吃點東西才回家的情況。
然而，由弦的胃已經瀕臨極限。
不至於吃不下。但可以的話，他不想再塞進任何食物。
「妳、妳們剛喝過甜酒，還是別喝紅豆湯了吧……」
這句話出自宗一郎口中。
他也跟由弦一樣，瀕臨極限。
不過，亞夜香透過宗一郎的表情看出了什麼，揚起嘴角。
「哈哈──你們吃不下了對吧？幹嘛不直說？」
「咦？……是這樣嗎？」
愛理沙一臉驚訝。
由弦和宗一郎同時移開視線。
「不、不是啦。」
「吃太多不太好……畢竟大過年的嘛？」

「小心過年發福。」
聽見由弦和宗一郎這番話，笑咪咪的亞夜香整張臉立刻僵住。
愛理沙也摸著肚子，面色凝重。
「……反正我們也吃飽了，可以收工嘍。」
「勉強他們陪我們吃，我也過意不去。就此解散吧。」
亞夜香和愛理沙點頭說道，贊同兩人的意見。
由弦和宗一郎下意識吁出一口氣。

※

「……由弦同學，要不要去運動一下？」
回家後，愛理沙突然提議。
理由可想而知。
八成是事已至此才覺得自己吃太多。
仔細一想，去遊樂園約會時，她也吃了不少。
再這樣吃下去，過完年又得減肥。
由弦也一樣吃太多了。

想到過年期間都會跟愛理沙在一起，最好提升運動量。
……由於愛理沙廚藝太好，會讓人不小心吃過頭。
「好啊，要做什麼運動？」
重點是，要做什麼樣的運動？
最方便的是慢跑和重訓，但他不太想在新年特地做這種運動。
「打板羽球怎麼樣？剛好是新年嘛。」
「板羽球啊。好主意。」
傳統的新年遊戲有許多種類，在那之中，板羽球是運動量最大的。
問題在於需要準備道具。
至少由弦家沒有。
「要去買嗎？還是用網球拍代替？」
「我有帶，你放心。」
愛理沙拉出自己的行李箱。
看來球拍和球她都有帶。
應該是一開始就打算要玩板羽球，與減肥無關。
「喔！不愧是愛理沙。趕快來玩吧。」
「好的。只不過……少了一個東西。」

「什麼東西？」
由弦感到疑惑。
就他所知，板羽球是用球拍互擊球的簡單遊戲。
他不認為需要特殊的設施或道具。
「是的。你家有墨水嗎？」
「……墨水？喔，經妳這麼一說，輸的人要被處罰對不對？」
由弦沒玩過板羽球。
可是，他聽說過沒接到球的人要被以墨水在臉上塗鴉的這個懲罰遊戲。
「不是處罰啦。為了驅除厄運，要把墨水塗在臉上。所以要乖乖用墨水塗臉。」
「原來如此。理由我明白了……但真的要這樣嗎？萬一墨水洗不掉怎麼辦？」
至少由弦不想維持在臉上有墨水的狀態下生活。
愛理沙照理說也一樣。
「用卸妝水就能輕鬆擦掉。而且……不要漏接球就行了吧？」
愛理沙揚起嘴角。
出乎意料的挑釁令由弦當場愣住，接著立刻恢復笑容。
「好啊……妳事後後悔我也不管喔？」
「正如我所願。」

事不宜遲。

兩人開始準備打板羽球。

愛理沙搬開桌子挪出空間，由弦準備好墨水。

然後換上便於行動，弄髒也無所謂的衣服。

「雖然我家隔音很好，應該不會吵到人……不過還是小心別吵到樓下吧。」

與其綁手綁腳，何不去外面玩？

或許會有人這樣想。

但由弦和愛理沙都不想要臉上帶著墨水在外面走動。即使只有短短幾分鐘。

他們很有默契，選擇在室內玩。

「我知道。那麼……看招！」

愛理沙輕聲吆喝，扔出羽球輕輕用球拍擊打。

羽球發出清脆的「叩」一聲，飛向空中。

「嘿。」

由弦將球打了回去。

羽球在空中描繪出拋物線，落向愛理沙的球拍。

「嘿。」

羽球再度高高飛起。

由弦將它打回去，愛理沙也把球回擊給由弦。
兩人的運動神經都不差。再說，他們並不是在比賽，因此傳接球的過程持續得相當久。
然而，遊戲總有結束的一刻。
「「啊……」」
羽球從由弦的球拍旁邊穿過。
原因是愛理沙沒有控制好落點，由弦又來不及接住。
雙方都沒錯。
可是，規定就是規定。
「那麼……由弦同學，請作好覺悟。」
「……嗯。」
愛理沙一臉愧疚，拿著沾了墨水的筆接近由弦的臉。
由弦把臉頰對著她，方便她塗鴉。
柔軟的毛筆在由弦臉上舞動。
「我畫了一個愛心。呵呵，好可愛。」
愛理沙高興地笑出聲。
「……妳等等就笑不出來了。」
由弦用球拍擊出球。

愛理沙再將它打回去。

互傳了一段時間……這次換成愛理沙漏接。

「啊……」

「我贏了！……別動喔。」

「好的……請不要畫奇怪的圖案。」

愛理沙將臉頰朝向由弦。

由弦用毛筆沾滿墨水，思考著要在這雪白的肌膚上畫什麼圖案。

如果對方是男性，他會面不改色地畫骯髒的圖案……不過在他面前的是心愛的未婚妻。

當然不可能畫那種圖案。

「……好。」

經過片刻思考，由弦拿筆在愛理沙臉上揮灑。

愛理沙癢得扭動身軀。

「……你畫了什麼？」

感覺不是「○」或「×」那種常見的符號。

她心神不寧地詢問由弦。

臉上被畫不明的圖案，果然會放不下心。

「敬請期待寫完的那一刻。」

由弦看著寫在愛理沙臉上的「超」字。
這是第一個字，光看這個字沒有任何意義。
至少還要再讓愛理沙漏接三次球才能完成。
「……我會在你寫完前把你的臉塗黑。」
愛理沙鼓起臉頰，用球拍發球。
這場遊戲持續到他們臉上再也沒有空間畫為止。

※

「唔、唔……太慘了。」
打完板羽球後——
由弦看著鏡中那張畫滿愛心的臉，喃喃自語。
他知道愛理沙在他臉上畫了一堆愛心，不過實際看到還真壯觀。
愛理沙則笑得很愉快。
「呵呵呵，很可愛呀。」
「……可愛嗎？」
這句話令由弦不禁失笑。

愛理沙納悶地皺眉，由弦把鏡子拿到她面前。
「什麼……」
愛理沙的表情僵住了。
她臉上寫著「超級可愛？」這幾個字。
「這樣很像我是自戀狂耶。」
愛理沙的臉頰泛起淡粉色，大概是覺得難為情吧。
「有什麼關係？是真的啊。」
「……你指的是哪個部分？」
「『超級可愛』的部分。妳真的很可愛。」
「……誇、誇我也沒好處。」
這句話使愛理沙羞紅了臉。
早知道就該寫「超級好哄」。由弦有點後悔。
「機會難得，要不要拍張照？」
「咦？要拍照嗎？」
聽見由弦的提議，愛理沙顯得有點不甘願。
似乎不太想留下臉被墨水弄髒的照片。
由弦也一樣。

超級可愛

「當成一個回憶，不行嗎？」

但他更想留下愛理沙的「超級可愛？」臉。

明年她未必會願意陪他玩板羽球，也未必會讓他在臉上寫字。

「超級可愛？」愛理沙只存在於這一刻。

「咦——不過……」

「我也會一起拍……求求妳。」

「……好吧。你也要入鏡喔。」

由弦也一起拍就可以。

愛理沙勉為其難地答應。

「好。那一起拍吧。」

趁愛理沙還沒改變主意，由弦拿出手機。

他坐到愛理沙旁邊，摟住她的肩膀。

「靠過來一點。」

「這樣嗎？」

確認自己和愛理沙的臉都入鏡後，由弦按下拍照鍵。

「喀嚓」一聲，由弦和愛理沙的臉被保存下來。

「……怎麼只有我的臉特別靠中間？」

看到拍好的照片，愛理沙面露不悅。
這張照片雖然是兩人的合照，但硬要說的話，重點放在愛理沙身上。
當然是故意的。
因為由弦想拍的不是自己的臉，是愛理沙的臉。
「如果妳不喜歡，要再拍一張嗎？」
「……沒關係，這樣就好。」
愛理沙搖頭拒絕由弦的建議。
儘管對構圖有所不滿，但她不想再拍照了。
由弦感到一絲遺憾，卻又不能強迫愛理沙，只得乖乖放棄。
「天也黑了，把墨水洗掉就吃飯吧。那個……」
由弦欲言又止。
他覺得這是提議一起做那件事的好機會，然而同時又猶豫不決。
「怎麼了？」
愛理沙疑惑地詢問由弦。
遭到催促的由弦急忙故作鎮定。
「……妳先去洗吧。」
說出口的卻是跟腦中所想不同的話。

幸好愛理沙也想快點洗掉墨水。

她點點頭，沒有起疑。

「謝謝。那我就不客氣了。」

愛理沙留下這句話，走向浴室。

等到她的身影消失在視線範圍內，由弦不自覺地垂下肩膀。

「嗯——難度好高喔……」

他搔著頭嘆了口氣。

聽著細微的沖水聲獨自煩惱。

這次她花了比平常久一點的時間，才從浴室走出。

「超級可愛？」四個字從微微泛紅的臉頰上徹底消失，恢復成平常光滑白皙的肌膚。

「……呵。」

剛回來，她就看著由弦的臉笑出聲。

「別笑……這可是妳畫的耶。」

「對不起。我忍不住……快去洗乾淨吧。」

愛理沙忍著笑意說道。

由弦也想快點把臉洗乾淨，走進浴室。

用水和肥皂，以及跟愛理沙借來的卸妝水洗掉墨水。

「要邀她一起洗……果然有難度。」

一起洗澡，幫對方洗身體。

錯失了理想中的兩人世界，由弦不禁嘆息。

※

由弦洗完時，愛理沙已經在廚房準備晚餐。

她正在熬湯。

似乎在煮湯料理。

「我該做什麼？」

「……我想一下。」

愛理沙思考片刻，回答由弦的問題。

「我要把菜裝盒，請幫我顧火。」

「……好。」

這等於是在說他幫不上忙吧？

儘管有這種感覺，由弦依然決定聽從愛理沙的指示。

他盯著愛理沙的手製高湯包在熱水裡載浮載沉的模樣。

可是光這樣看挺無聊的，由弦便將視線移到愛理沙身上。
愛理沙正將事先煮好的年菜放進多層餐盒中。
「只是把菜放進去而已，我也會……」
「不是把菜放進去而已，還要裝得漂漂亮亮。你會嗎？」
「……還是算了。」
由弦的品味再怎麼說都稱不上好。
他覺得愛理沙事後會重擺一次，決定不要插手。
「由弦同學，有件事想拜託你，可以嗎？」
「好的，請吩咐！」
「……呵。對不起。」
愛理沙輕笑出聲，或許是覺得由弦的反應很有趣吧。
她向由弦下達指示。
要由弦做的，是把冷凍庫裡的菜拿出來解凍。
這麼簡單的事，由弦也做得來。
「好。」
「……以防萬一，我還是說一下，不要全都拿出來喔？解凍今天要吃的份就好。」
「知、知道啦。」

本以為只要通通放進微波爐即可的由弦冒著冷汗，先將一部分的菜裝到耐熱容器中才加熱。

再把加熱完畢的料理交給愛理沙。

趁愛理沙裝盒的期間加熱其他料理。

「接下來請用這個裝。」

愛理沙遞給由弦的是最先用到的耐熱容器。

剛剛才裝過菜，所以有點髒。

「好。」

「以防萬一……」

「我會擦乾淨再用……這樣行了吧？」

「很好。」

為了防止每道菜的味道混在一起，由弦用廚房紙巾擦乾淨容器後才放入料理加熱。

「最後一道了嗎？」

「是的……完成。請你幫忙烤年糕，我去煮湯。」

「瞭解。」

由弦打開冰箱，取出兩塊年糕。

放進烤箱並在一旁監視，免得烤太久。

烤太久的話會變得跟仙貝一樣。

儘管這樣也別有一番風味，但由弦現在想吃正常的年糕。愛理沙應該也一樣。

「唔……再鹹一點會不會比較好？」

由弦顧年糕的時候，旁邊傳來愛理沙的聲音。

轉頭一看，她在用一個小碟子喝東西。

似乎在試味道。

「由弦同學，可以幫我嚐嚐味道嗎？」

「我喝得出來嗎……」

由弦苦笑著從愛理沙手中接過小碟子。

試喝湯頭的味道。

跟平常一樣香氣撲鼻，十分美味。

不過，確實少了些東西。

「對啊……鹹一點或許比較好。」

「你也這麼認為？嗯——這樣差不多吧……」

愛理沙捏了一撮鹽撒入湯中。

稍微攪拌，再盛進小盤子試喝。

「……嗯。你也試喝一下好不好？」

「瞭解。」

由弦接過愛理沙遞出的小碟子，又試喝一次。

味道比剛才更濃郁。

「挺好喝的啊？」

「太好了。那就這樣吧……年糕烤好了嗎？」

經她這麼一問，由弦走到烤箱前面檢查。

隔著玻璃可以看到，年糕膨脹起來了。

由弦打開烤箱，確認裡面烤熟了沒。

「應該烤好了……配醬油跟海苔就行了吧？」

「嗯。麻煩你。」

他夾出年糕，泡進醬油。

拿出冰在冰箱的海苔，用瓦斯爐稍微烤過。

比起直接拿去包年糕，海苔烤過後更香更好吃。

……當然是愛理沙教的。

兩人將餐盒、年糕、熱湯端到客廳，開始吃飯。

「味道怎麼樣？」

「不會太甜，滿好吃的。」

由弦吃著蜜黑豆稱讚。

市售的蜜黑豆容易太甜，愛理沙煮的則會控制甜度，是由弦喜歡的味道。

「太好了。還有很多，你盡量吃。」

「那我就不客氣嘍。」

愛理沙做的年菜色彩鮮豔，除了經典的菜色，還有年菜通常不會有的特殊菜色。

年菜不是太甜就是太鹹，由弦不太喜歡。可是愛理沙的調味他就能吃得很開心，不會吃膩。

「有熱呼呼的配菜真不錯。」

由弦吃著乾燒明蝦。

製作年菜時會以方便久放為前提，大多是冷掉的料理。有沒有熱菜果然差很多。

「只是用微波爐加熱過而已……你家通常都吃些什麼？」

「就是市售的年菜……魚板和雙色蛋會另外買。」

在由弦的老家——不如說最近的一般家庭，通常是直接去外面買。

專程自己做的偏少數。

當天還特地將年菜裝進餐盒裡的人，應該也不常見。

「這樣呀。有食物處理機的話，魚板其實滿好做的……」

「這原來是妳自己做的嗎……」

由弦夾起放在湯裡的魚板咕噥道。

跟市售的魚板比起來，外觀毫不遜色。

味道則美味好幾倍。

「讓妳這麼費工，我會不好意思……」

「是我自己愛做的……畢竟這是我少數的專長。」

愛理沙微微一笑。

「若你會不好意思，請多稱讚我幾句。」

「不愧是愛理沙。天才廚師。超好吃的。妳真可愛。」

「嘿嘿嘿。」

「你也……很會烤年糕。」

愛理沙聞言，愉悅地笑了。

「謝、謝謝……我不這麼覺得就是了。」

「烤得比想像中好。」

「是、是嗎？……呃，妳這樣講會不會有點過分？」

由弦一瞬間以為她在誇自己，冷靜下來後才意識到——

那句話的意思是「我本來以為你連年糕都烤不好」。

「呵呵，開玩笑的。」

愛理沙笑得很開心。
她吃完年糕後，由弦站起身。
「我想多烤幾片年糕……妳要吃嗎？」
「我想一下。那我也……不，我不用。」
愛理沙猛然回神，搖搖頭。
由弦不禁苦笑。
看來她會怕胖。
「……真的？妳中午沒吃吧？」
由弦跟愛理沙早上吃了一堆東西，沒吃中餐。
所以他們才提早吃晚餐……不過因為不久前剛運動過，至少由弦挺餓的。
「那、那就……幫我烤兩片。」
她果然想吃。
由弦下意識揚起嘴角，愛理沙則眉頭一皺。
「……怎麼了？」
「沒事。」
由弦說完，便走去廚房烤新的年糕。

※

過完年，一月中旬的某一天——

那一天對由弦和愛理沙……或者該說對高二生而言，是非常重要的日子。

「結果如何？由弦同學……」

愛理沙臉上帶著一絲不安。

由弦苦笑著回答：

「……比想像中還差吧？」

「這、這樣呀。」

愛理沙鬆了口氣。

「……可以給我看嗎？」

她客氣地詢問。

沒什麼好藏的，再加上由弦也想看愛理沙的，他便點頭答應。

「可以啊。我也要看妳的。」

「好呀。」

兩人把手中的紙——剛寫完的共同試卷交給對方。

由弦看了愛理沙的分數和答錯的問題。

兩人各有擅長和不擅長的科目，所以單科分數不盡相同，但總分的差距並不大。

「哇……由弦同學，你的英文接近滿分耶？」

「妳的世界史也考好高……我不會的問題比想像中還多。」

「因為我平日就在複習……我個人比較擔心數學和國文的時間分配。這次寫不完……萬一這是真正的大考……」

愛理沙嚇得發抖。

由弦和愛理沙今年才高二，還沒有要考大學。

這次寫的是今年剛公開的考題。

他們想在離大考剩一年的這個時期測試自己的程度，便決定寫寫看。

兩人對學力都有一定的自信，校外模擬考的成績也不差……

結果卻是「比想像中還差」。

「時間分配只能靠多練習了呢……果然得多寫一些模擬試題嗎？」

「解題方式可能也得多下點工夫。例如要先寫哪一題……應該有訣竅吧？……是不是該去上補習班？」

「去報春季短期班或許可行……」

離明年的大考剩不到一年。

由弦和愛理沙都必須認真開始準備考試。

「對了，妳有想考哪所學校嗎？」

由弦忽然想到這個問題，詢問愛理沙。

他們認識那麼久，又會分享模擬考的結果，對對方的志願當然心裡大概有個底……

但從來沒有直接聽本人說過。

「沒有耶。」

「噢，果然。」

愛理沙列為志願的大學缺乏統一性。

要說的話只有一個共通點。

「我想盡量考好一點的學校。還有，姑且以國立大學為目標……因為要增加應試科目很難，減少卻很簡單。」

一般情況下，私立大學的應試科目比較少。

國立大學和私立大學的出題方向有所差異，所以應試科目少，不等於後者比較好考……

不過比起中途增加，減少應試科目確實比較容易改變方針。

選擇愈多愈好。

然而，俗話說「追二兔不得一兔」，若有明確的目標，最好鎖定那個方向。

「你也一樣……對吧？」

「對啊。」

由弦也跟愛理沙差不多。

沒有特別想去的大學，可是想盡量考好一點的學校。

「你想考哪個科系？」

「科系？……法律或經濟吧？」

「哦……有點意外。」

「會嗎？」

由弦感到疑惑。

他好歹是念文組的。

法商以文組的志願來說應該算主流。

「不是……我意外的是，不念商也沒關係嗎？」

「喔……這個啊。」

考慮到由弦將來要繼承家業，商學院看似是最佳選擇。

「我打算請我爸教我。」

其實，由弦的父親只叫他念喜歡的科系。

大學的知名度也毫不在意的樣子。

只要拿到學歷就行——大概是這種感覺。

「喔……但他叫我出國留學。我應該會在大學期間花一、兩年去國外的大學看看。」

「原來如此……我是不是也要出國留學比較好？」
「嗯——出國比較能累積人生經驗吧？……但我覺得妳不用勉強。」
自己出國留學他一點都不怕。然而如果愛理沙要出國，由弦有點擔心。
愛理沙卻搖搖頭。
「我也在猶豫……硬要說的話，想出國看看的心情比較強烈。」
「是嗎……那到時一起去吧。」
「嗯。跟你一起去我就放心了。」
聽到由弦這麼說，愛理沙微微一笑。
接著換由弦詢問愛理沙：
「順便問一下，妳有想念的科系嗎？」
「沒有耶……我想學習對將來有幫助的知識。」
「具體上來說……是什麼樣的知識？」
「問題就在這裡……那個……我該學什麼才好？」
「……嗯？」
由弦心生疑惑。
雖說他們有婚約，但愛理沙的人生是屬於她的，不該讓由弦決定。
話雖如此，如果她有想從事的職業，應該不會那樣問。

為了增加未來的可能性，念哪個科系比較好……由弦判斷愛理沙是想問這個，思考了一下後回答：

「念法比較實用吧？」

「法呀……果然要有法律知識比較好？」

「……有總比沒有好吧？」

可是，人活著自然會學到最基本的知識。

再說，只要有一定的社會常識就不會犯法。

法律知識是否不可或缺，還真不能斷定。

「比起科系，證照或英文檢定的分數可能比較有用。」

「先不說英文檢定，證照呀……例如哪些證照？」

「要視職業而定……」

由弦這句話令愛理沙感到疑惑。

「……想幫上你的忙，要考什麼樣的證照，從事什麼樣的職業？」

「咦？」

由弦忍不住驚呼。

愛理沙面露不悅。

「很奇怪嗎……？那個……身為你將來的妻子，我想學習能幫助你的知識。」

「不會，不奇怪……我非常高興妳有這份心意。」
「……所以呢？」
「……我自己也不知道學什麼對將來有幫助。」
以後該學些什麼，由弦自己也不明白。
希望自己的妻子吸收什麼樣的知識、考取什麼樣的證照，他不可能給出具體的答案。
也不能不負責任地對愛理沙的人生提出建議。
「大學生活人生只有一次，我們都去吸收感興趣的知識就行了吧？」
「是嗎？嗯……感興趣的知識呀，是什麼呢……」
「妳沒有喜歡的東西嗎？可以想想跟那有關的領域……」
面對這個問題，愛理沙勾住由弦的手臂。
帶著略顯羞澀的表情回答：
「我喜歡的東西……或者說喜歡的人，是你。」
「我好高興……可是沒有研究我的學科耶。」
由弦摟住愛理沙的肩膀。
「不然這樣……要不要考同一所大學？去念同樣的學校，一起住吧。」
他在愛理沙耳邊輕聲呢喃。
愛理沙扭了一下身子。

「好主意……就這麼辦。」
「為了達成這個目標……得努力念書才行。」
「嗯。」
兩人雙唇交疊。

第三章　婚約對象和情人節

二月十四日——

那一天，女性會送巧克力給平日對自己照顧有加的男性。

由弦當然正期待著愛理沙送的巧克力。

跟去年不同，他覺得自己肯定收得到。

……因此，從早上到現在連巧克力的「巧」都沒說過的愛理沙，令他焦慮不已。

「關於春季短期班，我查了很多資料……」

愛理沙認真地跟他討論學業和大考，由弦卻滿腦子都想著情人節。

難道她討厭我了？

怎麼可能？

今天早上我們才親過早安吻。

沒人會跟討厭的人接吻。

那麼，是在生氣嗎？

愛理沙今天早上的心情雖然不到非常好，但看起來並不差。

這樣的話……

「你想報哪一家——」

「……愛理沙，我有件事想問妳。」

由弦打斷了愛理沙說話。

愛理沙並未因此感到不悅，歪頭回問：

「什麼事？」

「……妳知道今天是什麼日子嗎？」

「……咦？」

她該不會忘記情人節了吧？

由弦想到這個可能性，詢問愛理沙，她一臉疑惑。

「是什麼特別的日子嗎？」

「……」

「開玩笑的。別那種表情。」

愛理沙笑著對神情落寞的由弦說。

由弦發現她在逗自己，忍不住挑眉。

「別這樣。我還以為收不到了。」

「你那麼喜歡巧克力呀？」

「不，我喜歡的不是巧克力，是妳。」
不是想要巧克力。
而是想要愛理沙送的巧克力。
不對，只要是愛理沙送的，就算不是巧克力也無妨。
「我有準備啦，你放心。放學就給你。」
「是、是嗎？我會期待的。」
得知愛理沙並沒有忘記，由弦放下心中的大石。
聊著聊著，兩人抵達學校。
由弦打開鞋櫃。
「啊……」
由弦下意識驚呼。
裡面放著一個用可愛的緞帶及包裝紙裝飾的盒子。
由弦愣在原地，愛理沙探頭窺探由弦的鞋櫃。
「怎麼了？……給我看看！」
愛理沙大吃一驚，把手伸進由弦的鞋櫃。
粗魯地拿出盒子。
「我開嘍？」

「好、好的。」

由弦點頭同意。

愛理沙撕破包裝紙，打開盒子。

裡面放著巧克力和一張卡片。

——你以為是本命巧克力嗎？可惜，是義理巧克力！by 亞夜香——

「別開這種玩笑！」

愛理沙怒吼道，憤怒地將巧克力連同盒子塞給由弦。

「這個你可以吃。」

「是、是嗎？」

由弦被愛理沙的氣勢嚇到，點點頭。

兩人換上室內鞋，走向教室。

「由弦同學，請讓我看看抽屜。」

「儘管調查。」

愛理沙謹慎地觀察由弦的抽屜。

確認完畢後，她抬起頭，看起來沒那麼警戒了。

「什麼都沒有。」

「太好了。」

你以為是本命巧克力嗎？
可惜，是義理巧克
by亞夜香

考慮到去年那起事件，若由弦收到朋友以外的人給的巧克力，不用想都知道愛理沙會不開心。

愛理沙生起氣來很恐怖，因此由弦非常慶幸抽屜裡沒放巧克力。

「那麼，我去跟亞夜香同學抗議。」

「慢走。」

愛理沙氣呼呼地走向亞夜香的座位。

由弦目送她離去……

「哎呀，受歡迎的男人真辛苦。」

「我是覺得用不著檢查，沒人會主動踩老虎尾巴啦。」

千春和天香上前與他攀談。

兩人都拿著包裝得漂漂亮亮的盒子。

「早啊。呃，那個盒子是……」

「請收下……要對愛理沙同學保密喔？」

「這是義理巧克力，不用保密啦。」

千春和天香將裝有巧克力的盒子遞給由弦。

「謝謝。我會好好享用。」

由弦道謝後，兩人便逃也似的離開現場。

愛理沙幾乎在同一時間回到由弦身邊。

「由弦同學……啊！趁我一不注意！」

「是義理巧克力啦，義理的。她們兩個送的……」

由弦指向千春和天香說明。

兩人輕輕揮手，證明是自己送的。

愛理沙鬆了口氣。

「那就好。」

「我可以吃嗎？」

「可以吧。把別人送的食物丟掉很失禮……知道是誰送的，也能確定裡面沒有加奇怪的東西。」

愛理沙用力點頭。

然後雙臂環胸，叮嚀由弦：

「可是……要等吃過我的巧克力才能吃……知道嗎？」

「用不著妳說。我會期待的。」

由弦對她微笑，愛理沙臉頰微微泛紅，點了點頭。

「……嗯，敬請期待。」

※

放學後——

「回家吧，愛理沙。」

「好的。」

由弦和愛理沙跟平常一樣，踏上歸途。

沒錯，跟平常一樣。

「……」

「……」

「我說，愛理沙啊。」

「……請說？」

由弦呼喚愛理沙。愛理沙疑惑地回望他。

再也按捺不住這份心情的由弦詢問愛理沙：

「那個……巧克力呢？」

「……啊，對不起！」

「……」

「騙你的。我記得啦。」

愛理沙露出苦笑。

「我冰在家裡的冰箱，避免融化。所以沒辦法現在給你。」

「原來如此。難怪要我等到放學後。」

以為一放學就能拿到的由弦，發現自己誤會了而感到羞愧。

仔細一想，有帶在身上的話，又何必特地等到放學才給他呢？

「難道你想在學校收到？」

「嗯——對啊……以情境來說，在學校收到比較心動吧？」

由弦老實回答愛理沙的問題。

在學校從喜歡的人手中、從戀人手中收到巧克力，是男生挺嚮往的情境。

「是嗎……那麼，明年就在學校送好了？」

愛理沙用手托著下巴。

由弦急忙搖頭。

他知道愛理沙是不想讓用心製作的巧克力融化。

「沒關係，我也想在最完美的狀態下吃妳做的巧克力。」

聞言，愛理沙露出困惑的表情。

「……我不是那個意思喔？」

「啊，是嗎？」

由弦感到錯愕。他以為巧克力是因為會變質，才不方便帶到學校。

既然帶到學校也沒問題，明年說不定可以請她帶過來。

「那麼，我先走了。」

「嗯。」

在聊天的期間，兩人走到了車站附近。

平常他們會在這邊道別。

「等等再過去……晚餐我也會去你家做。敬請期待。」

「知道了。需要我先買什麼嗎？」

由弦詢問愛理沙。

愛理沙想了一下後回答：

「等等傳簡訊給你。」

「這樣啊。那就麻煩妳了。」

於是，由弦和愛理沙原地解散。

過沒多久，由弦收到愛理沙傳的簡訊。

應該是在搭電車回家的途中傳的。

由弦打開簡訊，打算在回家路上採購。

「法國麵包、草莓、香蕉、奇異果、棉花糖……？這是甜點吧？」

要買的食材全是比起晚餐，更適合在下午茶時段吃的東西。

而且看起來不需要經過調理。

直接吃就很好吃。

不過，愛理沙說晚餐要煮給他吃，不可能把水果裝盤說這就是今天的晚餐。

肯定是打算用這些食材做某種料理。

想到這裡，由弦腦中浮現用中式炒鍋炒草莓和香蕉的愛理沙。

「不……絕對不是。」

他立刻搖頭。

簡訊最後一行的文字是「你已經猜到我要做什麼了吧？」……

由弦毫無頭緒。

「水果三明治……之類的？這樣應該要買吐司，不是法國麵包吧？」

他滿腦子疑惑。但愛理沙的料理知識遠比由弦豐富。

既然她要由弦買這些，就是用得到吧。

由弦決定乖乖聽從指示。

※

買完食材，冰進冰箱的數十分鐘後——

「打擾了。」

愛理沙抵達由弦家。

她身穿便服，手拿可愛的小包包……還背著一個後背包。

「我幫妳拿。」

「那就麻煩你了。」

由弦接過愛理沙的後背包。

這個後背包絕對稱不上大，卻有點重。

比起食物的重量，更接近機器的重量。

「裡面裝了什麼？」

「做巧克力鍋的器材。」

「巧克力鍋……？喔，起司鍋的巧克力版嗎？」

儘管由弦沒吃過巧克力鍋，倒是知道有這種料理。

確實很適合情人節。

不能帶到學校的原因也很合理。
「……你以為我要用那些材料做什麼？」
「拿去用中式炒鍋炒。」
「怎麼可能……你平常都在吃那種東西？」
「開玩笑的啦。但我沒想到是巧克力鍋。」
兩人邊聊邊移動到客廳。
由弦提出疑惑。
「這東西要放哪裡？」
「我想想看……先給我好了。」
由弦聽從愛理沙的指示，將後背包交給她。
愛理沙轉過身去。
打開後背包，迅速從中取出器材。
彷彿裡面有什麼不想讓他看見的東西。
「趕快吃晚餐吧。在那之前……我去換個衣服。」
愛理沙把器材放到桌上。
由弦感到不解。
「……換衣服？為什麼？」

「要做巧克力鍋，我怕衣服髒掉，所以我要去換弄髒也沒關係的衣服。」

「這樣啊？」

那一開始穿弄髒也沒關係的衣服不就得了？

由弦心裡冒出這個想法。不過弄髒也沒關係的衣服，代表是舊衣服或居家服。

女生應該不想在外面穿成那樣。

他強行說服自己。

「你最好也換成黑色的衣服……或者髒掉也沒關係的衣服。」

「好，我去換一下。」

確認愛理沙走進更衣室後，由弦迅速換上看不出髒掉的衣服。

接著利用剩下的時間拉出延長線，啟動機器。

「……讓你久等了。」

「不會，我也剛準備好……」

話講到一半，由弦就僵住了。

他目瞪口呆。

「這、這是你的情人節巧克力……請、請享用。」

愛理沙一絲不掛，身上只繫著緞帶。

※

「咦？愛、愛理沙……？」

看著染上淡粉色的雪白肌膚，由弦感覺到自己的心臟在劇烈跳動。

遮住她身體的，只有紅色的緞帶。

沒穿內衣褲。

重要部位當然遮得好好的。

緞帶很寬，牢牢纏在愛理沙身上，暴露在外的肌膚比之前那件比基尼還要少。

然而，穿著本來連衣服都不是的東西，手腕還仔細地用緞帶綁起來的模樣，令由弦產生強烈的悖德感。

「呃，那個……妳說的巧克力……在哪裡？」

他祭出所有的理智詢問。

因為愛理沙手上並沒有看似情人節巧克力的東西。

從這個狀況及她的發言推測，會得出愛理沙≒情人節巧克力的結論。

等於是在叫由弦吃掉她。

「咦？啊……對、對不起。我忘了！」

愛理沙轉過身，跑向更衣室。

由弦忍不住盯著被緞帶勒住的臀部看。

「好、好了……嘿嘿嘿。」

愛理沙嬌羞地笑著，拿來一個小盒子。

沒有特別用包裝紙或緞帶裝飾的普通盒子。

她將盒子放到地上。

「等、等我一下喔。」

愛理沙用被綁住的雙手拿起蓋子。

裡面放著愛心形狀的巧克力。

她拿出一個巧克力。

愛理沙叼住巧克力。

「重、重來一遍……情、情人節快樂！」

把臉湊向由弦。

「那、那個……這、這到底是……」

「……嗯。」

由弦不知所措。愛理沙叫了聲，用眼神示意。

人家都做得這麼明顯了，由弦也沒笨得察覺不到。

他輕輕環住愛理沙的背，將她擁入懷中。

「那就不客氣了……我開動了。」

由弦把嘴唇湊向愛理沙的唇。

含住巧克力。

愛理沙靈活地用舌頭將巧克力送進由弦口中。

他嚐到甜蜜又帶有一絲苦味的巧克力味。

「好、好吃嗎？」

「好吃……可以再吃一個嗎？」

愛理沙輕輕點頭。

望向放在地上的盒子。

「那我去準備……」

「不用。」

由弦用手指拎起巧克力，拿到愛理沙嘴邊。

愛理沙叼住它。

「……再一次。我開動了。」

由弦將巧克力連同愛理沙的嘴唇一起含住。

跟剛才一樣，甜味在口中擴散。

他從盒子裡拿出巧克力，想再吃一個。

想了一下後，他問愛理沙：
「機會難得，妳要不要也吃一塊？」
「咦？」
由弦沒有等愛理沙回答，叼住巧克力。
緩緩湊近愛理沙的嘴唇。
愛理沙起初雖然嚇得瞪大眼睛，不過馬上就乖乖張嘴。
由弦把巧克力壓在愛理沙的嘴唇上。
將舌頭和巧克力一起送進她口中。
「味道如何？」
「好、好吃……我可以多吃一點嗎？」
「當然可以。」
兩人就這樣互相餵食巧克力。
然而，巧克力的量原本就不多，一下就吃完了。
「吃完了啊。」
「沒有呀……還剩一些。」
「咦？……在哪裡？」
「……這裡。」

愛理沙對由弦噘起嘴巴。
由弦察覺她的意圖，吻住愛理沙。
有巧克力味的吻，讓人覺得很新鮮。

※

「……那麼，來吃晚餐吧。」
愛理沙調整好坐姿。
把手伸向由弦。
「可以幫我抓著嗎？」
「好。」
由弦依她所言，輕輕抓住綁著愛理沙手腕的緞帶。
愛理沙自己把手從蝴蝶結裡抽出來。
看起來被綁著，其實只是把蝴蝶結套在手上而已。
「我去準備一下。」
「……妳要穿這樣做菜？」
「做菜時會穿圍裙呀。」

只是要切料而已。

愛理沙補充道。

「呃，穿這樣吃飯，在各種意義上……不太安全吧。」

「不安全嗎？巧克力不會像油一樣濺出來，溫度也沒高到會燙傷……」

「我指的不是這個……」

由弦搔著臉頰。

剛才他們抱在一起，沒機會看見愛理沙的身體……現在一看，這身打扮就各方面來說都很危險，他不敢直視。

「萬一緞帶鬆開怎麼辦？」

「啊，我懂了。」

愛理沙苦笑著說。

她用手指稍微拉起胸前的緞帶。

由弦連忙移開視線。

「妳、妳幹嘛！」

「不會鬆掉的，你看。」

由弦提心吊膽地望向愛理沙的胸口。

愛理沙扯了好幾下緞帶，卻沒有要鬆開的跡象。

「這種衣服的設計就是這樣。不是只靠一條緞帶綁成，是直接固定在一起的。跟泳裝一樣。」

「這、這樣啊……」

由弦有點受騙的感覺。

※

「對了，有巧克力嗎？我沒買耶……」

「我事先準備好了。」

愛理沙從後背包裡取出板狀巧克力和鮮奶油。

看來是在做巧克力時順便買好的。

「我去融化巧克力。請你幫忙把料切一切，用竹籤串起來……你做得到吧？」

由弦點頭應允。

他馬上去廚房切好配料，用竹籤串起來，放在大盤子裡。

處理好食材時，愛理沙已經將巧克力融化，小小的爐子裡裝著黏稠的褐色液體。

「趕快開動吧。」

「嗯。」

由弦煩惱了一下，決定拿最安全的香蕉吃。

他沾了少量的巧克力，送入口中。

「本來以為就是巧克力香蕉，吃起來卻有一點差異耶。」

巧克力香蕉的巧克力是冰冷的固體，巧克力鍋的則是熱呼呼的液體。

導致口感及味道有所不同。

「嗯——好吃……！」

愛理沙也把手放在臉頰上，露出喜悅的微笑。

她吃的是棉花糖。

由弦怕棉花糖沾巧克力會太甜，猶豫該不該嘗試，不過眼前有人吃得津津有味，自然會想吃吃看。

「……唔。」

嘗試過後，他有點後悔。

甜味加甜味。

結果就是甜爆了。

喜歡吃甜食的人或許會讚不絕口，由弦卻覺得有點膩。

「……咖啡真好喝。」

他喝著咖啡嘀咕道。

幸好他選擇咖啡，而非水或綠茶當飲料。

他用咖啡沖掉甜味，挑選下一個要吃的配料。

不喜歡甜食配甜食的由弦，接下來選的是草莓。

「嗯，這個好吃。」

草莓的酸味和巧克力的甜味很搭。

這似乎是最佳選擇。

之後，由弦還試了水果、麵包、餅乾等各種配料。

全是沾巧克力，遲早會吃膩吧？

然而事實並非如此，他竟然不會嫌膩。

或許是因為配料有酸有鹹，跟巧克力搭在一起吃的味道不盡相同。

「吃巧克力鍋挺開心的。」

愛理沙聽了，樂得揚起嘴角。

「你喜歡就好。我一直很想吃吃看巧克力鍋！」

「……妳第一次吃啊？」

「因為這不是會一個人吃的料理嘛。」

確實如此。由弦在內心贊同。

「帶各種配料大家一起吃……好像也滿有趣的。」

「不錯呀！像黑暗鍋一樣！」
「……對啊。」
愛理沙樂得眼睛一亮。
但由弦猜測亞夜香絕對會惡作劇，明明是自己提出的意見卻興致缺缺。
「對了，由弦同學、由弦同學。」
「怎麼了？」
「來，嘴巴張開——」
愛理沙將沾滿巧克力的棉花糖送到由弦嘴邊。
由弦個人並不喜歡棉花糖配巧克力的組合。
不過，他沒有不識相到會在這種時候拒絕。
他張開嘴巴，吞下棉花糖。
「好吃嗎？」
「嗯……好甜。」
「太好了！」
看來在愛理沙心中，好甜＝好吃。
由弦喝了口咖啡，拿起香蕉。
「……愛理沙，換我餵妳。」

「謝謝。」

他把沾巧克力的香蕉送到愛理沙嘴邊。

愛理沙張嘴咬下，慢慢咀嚼。

「好吃……我也要餵你。」

愛理沙再次拿起棉花糖。

「等一下，愛理沙。」

由弦制止了她。

他懂得察言觀色，卻沒辦法為了給愛理沙面子，一直吃不喜歡的食物。

「棉花糖有點……太甜了。可不可以換其他的？」

「會嗎？很好吃呀……」

你好奇怪。

愛理沙歪過頭，臉上寫著這句話。

但她並沒有不開心，拿起鹹餅乾沾了巧克力，餵給由弦。

「這個怎麼樣？」

「還不錯。」

由弦一面回答，一面思考接下來要餵給愛理沙的配料。

思考片刻後，他直接詢問愛理沙：

「妳想吃什麼？」

「棉花糖。」

由弦同學不吃，就由我來吃！

愛理沙張開嘴巴，彷彿在這麼說。

由弦把棉花糖扔進愛理沙口中。

「好吃……我還要。」

「好，再一個。」

眼神迷離，向他討吃的愛理沙令由弦心情愉悅，不停往她的嘴裡送棉花糖。

愛理沙幸福地一口接一口。

「啊……」

「對、對不起……！」

然而，由弦不小心玩得太開心了。

巧克力滴到愛理沙身上。

褐色液體弄髒雪白的肌膚和胸口。

「有沒有燙到？」

「別擔心，沒有那麼燙。」

愛理沙想拿衛生紙擦掉胸前的巧克力。

不過，她在伸出手的同時頓住了。
「……愛理沙？」
「那個……由弦同學。」
我想到一個惡作劇。
她露出這樣的表情，指向胸口。
「太浪費了，可以幫我吃掉嗎？」
「咦、咦！」
由弦忍不住驚呼。愛理沙目光游移，有點後悔的樣子。
「那、那個……你、你不想嗎？」
她哀傷地垂下頭。
由弦連忙否定。
「怎麼會！怎麼可能不想！只不過，那個……」
他在腦中想了好幾種說法及措辭，詢問愛理沙。
「妳叫我吃掉……具體上來說，那個……要怎麼吃？」
他當下想到的是「直接舔掉」這個選項。
兩人接吻過好幾次，親吻肌膚——雖說是胸口——並不值得猶豫。
前提是愛理沙同意。

但如果愛理沙想到的吃法不是這個，那就糗大了。
應該不至於討厭由弦，不過可能會賞他一巴掌。
「對、對耶……要、要怎麼吃呢？」
原來她沒想過。
抑或是不好意思說出口？
愛理沙想了一下，回答由弦：
「怎麼吃……都可以喔？用你喜歡的方式……吃掉它吧。」
「是、是嗎？那……」
經過短暫的思考，由弦把手伸向愛理沙的胸口。
碰到胸口的同時，柔軟的觸感及體溫透過指尖傳達過來。
他用手指拭去融化的巧克力……
含進嘴裡。
「味、味道如何？」
「沒、沒什麼特別的……就是巧克力的味道？」
「我、我想也是！」
不知為何，氣氛變得有點尷尬。
由弦的視線飄移不定，最後落在愛理沙身上。

愛理沙立刻挺直背脊。

「我說……愛理沙。」

「請、請說。」

「……把剩下的吃掉吧。」

「說、說得也是！」

兩人匆匆忙忙地吃起剩下的巧克力鍋。

※

「真好吃。」

飯後——

愛理沙擦著清洗乾淨的器材，語氣輕快。

她已經換好衣服，所以現在穿的並不是那件緞帶衣。

「嗯……」

由弦心不在焉地回應。

他的態度令愛理沙感到疑惑。

「……你不喜歡嗎？」

「不會啊，很好吃。」

由弦搖頭否認。

確實很好吃。

可是，他沒辦法毫無保留地給予稱讚。

「吃到後面……有點膩。」

由弦決定據實以告。

他吃到一半就膩了。

「我想也是。」

聽見由弦的回答，愛理沙苦笑著說。

由弦一臉疑惑。

「妳也是？」

「我喜歡吃甜食，所以不會覺得膩……但你看起來吃得很痛苦。」

「是、是嗎……」

看來反映在表情上了。

吃到後面，由弦的進食速度也有變慢，說不定很明顯。

「而且我雖然不會膩，但畢竟都是同一個味道，會膩也不奇怪。以後要想辦法改良。」

「改良啊……妳有什麼想法嗎？」

由弦有點興趣，愛理沙點點頭。

「一時之間能想到的，就是搭配香料吧。」

「香料？用在巧克力上？」

「肉桂、肉豆蔻……胡椒也意外地跟巧克力很搭喔。除此之外就是增加配料的種類，或者另外準備其他菜色……」

一時之間能想到的。

她嘴上這麼說，卻提出好幾個方案。

「順便問一下，你覺得呢？」

「這個嘛……我個人想找多一點人開派對一起吃。」

巧克力鍋本身是好吃的。

純粹是不適合只吃這個當晚餐。

由弦這麼認為。

「派對嗎……例如婚禮？」

「是、是啦，婚禮上如果有座巨大的巧克力噴泉，應該會挺熱鬧的……妳想放巧克力噴泉？」

由弦苦笑著問，愛理沙急忙搖頭。

「咦？呃，對、對不起！我不是在說我們兩個……」

「喔，這樣啊……要辦的話，妳會想要嗎？」
「這……我認為很棒。」
愛理沙點點頭，臉頰染上淡粉色。
由弦用力點頭。
「我會記住。」
「謝謝……可以順便問個問題嗎？」
「好啊。」
「婚禮……由弦同學想辦成什麼樣子？」
「……什麼意思？」
「神前式還是基督教婚禮……要找多少人，或者只想拍個照。也有人不想辦婚禮。我想趁現在問清楚……」
「確實有必要磨合。」
由弦深深贊同。
聽說，許多情侶會在結婚前一刻才為婚禮吵架。
由弦不太擔心他跟愛理沙……
可是，有必要趁現在講清楚。
「會辦基督教婚禮。不知道會找幾個人……應該會超過一百吧。」

「……沒想到你喜歡辦得盛大一點。」

「不，這跟我的喜好無關。」

由弦立刻否定。

愛理沙納悶地歪過頭。

「跟你的喜好無關……所以是令尊的？還是令祖父的嘍？」

「也跟他們的喜好無關……不對，爺爺喜歡大場面，或許會想辦得盛大一點，但這不是喜好問題。」

「那是……」

「高瀨川家下任當家的婚禮，必須有一定的規模。是這個意思……抱歉，場地大概也沒辦法挑。」

雖然不至於完全不採納由弦和愛理沙的意見……

然而由弦的父親、祖父，再加上愛理沙養父的想法，會大幅影響婚禮的舉辦方式。

從這方面來說，自由度稱不上高。

「這、這樣呀。我、我懂了……我、我想也是……」

聞言，愛理沙有點失落。

看起來倒不是不能接受……

不過，愛理沙應該也有自己想辦的婚禮。

不是因為她是女孩子，但至少她應該比由弦還要在乎婚禮。

校外教學時他就知道。

跟有點把婚禮當成一種社交場合，已經看開的由弦不同，愛理沙強烈傾向於自由戀愛……

「你放心。那個……雖然我不是毫不介意……」

「不用想得那麼嚴重。辦兩場就行了。」

由弦輕拍愛理沙的肩膀。

愛理沙驚訝地抬頭。

「……兩場？」

「嗯。不喜歡太鋪張的話，再辦一場樸實點的婚禮就好。如果妳會在意順序……可以先舉辦妳想辦的婚禮。」

「……婚禮是會舉行好幾次的東西嗎？」

「我爸媽好像辦了三場。兩場在日本，一場在國外。」

「……」

愛理沙目瞪口呆。

臉上寫著「從來沒想過還可以這樣」。

「三場夠不夠？五、六場實在太多了，希望可以不要……」

由弦懷著半開玩笑的心態詢問愛理沙。

愛理沙使勁搖頭。

「不、不用，三場就夠了。那就辦一場我想辦的，一場你想辦的……」

「我想辦的就是妳理想中的婚禮。」

由弦對婚禮本身並沒有特別的要求。

有紀念照便足矣。

「……是嗎？那，那個……我會仔細想想。」

愛理沙高興地笑了。

第四章　婚約對象和春假

大概一個月後──

「今天的便當味道如何？」

「嗯，好吃。」

由弦和愛理沙在一起吃便當。

由弦吃完愛理沙做的便當，愛理沙也吃完自己的便當時……

他從書包裡拿出一個小包裝。

「……愛理沙，這個，請妳收下。」

「我可以把它當成白色情人節的回禮嗎？」

沒錯，今天是白色情人節。

男性回禮給女性的日子。

「喔，嗯，就是那樣。」

「謝謝你。可以現在開嗎？」

對於愛理沙的詢問，由弦略顯緊張地點頭。

愛理沙輕輕拆掉緞帶，打開包裝。

「哎呀……？」

她睜大眼睛，有點驚訝。

裡面裝的是餅乾。

餅乾作為白色情人節的回禮，當然不奇怪。

重點在於餅乾本身。

形狀有點歪七扭八，但每片都用透明袋子包得美美的。

比起市售品，感覺更像手作餅乾。愛理沙眨了好幾下眼睛。

她詢問由弦：

「是你親手做的嗎？」

「喔、喔……嗯，就是那樣。」

那是由弦親手做的餅乾。

有原味、巧克力、抹茶三種口味。

每片都是愛心——看得出來像做成愛心的形狀。

「我可以吃吃看嗎？」

「請用，請用……告訴我感想。」

「那我不客氣了。」

愛理沙點點頭，拿起一片原味餅乾送入口中。

她緩慢咀嚼，仔細品嘗味道。

「……怎麼樣？」

確認愛理沙吃下餅乾後，由弦開口問道。

「嗯……」

愛理沙沉思了一會兒。

「奶油的香氣很重，很好吃。」

「這、這樣啊。太好了。」

由弦鬆了口氣。

他現在才知道，聽人對自己做的料理發表感想是會緊張的。

愛理沙每次做菜給由弦吃，都會有類似的心情。

「硬要說的話……」

「……的話？」

他只放心了一瞬間，就因為愛理沙意味深長的發言內心一驚。

「麵糰厚度最好要一致。還有，冰過後再烤比較不容易變形。」

「是、是嗎，瞭解……受教了。哎呀，妳真厲害。」

光憑餅乾的形狀及味道，便能看出由弦沒有先把麵糰冰過就拿去烤，由弦不禁讚嘆出聲。

愛理沙卻搖搖頭。

「因為我很常烤餅乾……你是第一次烤餅乾吧？以第一次來說做得很不錯了。」

由弦苦笑著說：

「喔……不過有幾次失敗了。我送妳的是烤得最好的。」

順帶一提，失敗品送給亞夜香她們了。

雖說是失敗品，但當然不是沒烤熟或烤焦那種吃了對身體不好的東西。

「是、是嗎？原來如此，這是烤得最好的……」

愛理沙露出有點困惑的表情。

不過她馬上搖搖頭。

「沒關係……大家一開始都烤不好。不用放在心上。」

「……是、是喔？」

愛理沙的真心話八成隱含在那句「沒關係……」裡面，由弦非常在意……

不過他判斷不要知道比較幸福，決定不去追究。

「話說回來，由弦同學。春假要上的補習班，你有什麼打算？我是想上一下……」

「我也會去上。」

「啊，這樣呀？」

「……有必要那麼驚訝？」
由弦不禁苦笑。
他當然絕對稱不上愛讀書。
然而，不得不念書的時候，他會認真準備。
再說，應試有固定的技巧。
光靠自學和在學校上課是學不到的。
儘管不知道有多少功效……
但去上春季短期班試試看，這個選項以性價比來說並不差。
「呃，可是……就是，那個……你不是會跟家人出國旅遊嗎……」
「嗅……去年確實有安排。」
在高瀨川家，春天去國外家族旅行是固定活動。
去年由弦因此有一段時間見不到愛理沙。
「今年呢？」
「今年不會去……這一年我想認真準備考試。」
由弦倒不認為去不去家族旅行會影響考試結果。
簡單地說，是覺悟的問題。
「原來如此，是這樣呀！」

愛理沙樂得兩手一拍。

雖說只有春假的那幾天，但見不到由弦，愛理沙會寂寞。

「那麼今年春假……就能一起過了呢。」

她雀躍地說。

暑假她有很長一段時間跟由弦一起度過，接近半同居。

對愛理沙來說十分幸福，她很高興春天也能跟由弦在一起。

「喔……這個啊……」

看到愛理沙的反應，由弦卻搔著臉頰。

那尷尬的神情，令愛理沙感到疑惑。

「那個……你有安排行程嗎？」

「沒有。就跟我剛才說的一樣，我想專心念書……所以，從春假開始，我打算回去老家住。」

愛理沙睜大眼睛。

「這……嗯，也對。你家離學校本來就沒有遠到不能通勤。想專注在學業上，回老家住比較好。」

由弦搬去外面住的原因，是「想自己一個人住」。

而家人同意這個任性要求的條件，是要他打工賺生活費。

打工當然會壓縮到念書的時間。
想專心念書的話，最好不要打工。
「所以打工你也會辭掉嘍？」
「對啊。不會立刻辭就是了……對不起，沒先跟妳說。」
由弦對愛理沙微微低頭。
她跟由弦在同一家店打工。
一部分是為了賺錢買由弦的禮物，同時也是因為想和由弦一起打工。
若由弦辭職，愛理沙便也失去了要去餐廳打工的理由。
「沒關係，念書比較重要……說得也是，我也……嗯，老實說，我也有在考慮升上高三後要不要繼續打工。」
兩人都逐漸得出要辭職的結論。
儘管會不好意思……
但由弦和愛理沙本來就是高中生，店長理應也知道他們升上高三後，很可能辭職去專心準備考試。
更重要的是，兩人都不打算以此為藉口，放棄人生的關鍵時期。
「可是，這樣的話……跟你相處的時間會減少呢。」
「對啊……從下個學年開始吧？」

如果去上同一間補習班，相處時間並不會少多少。

這個念頭瞬間浮現腦海，但他們都沒有說出口。

只是因為想要在一起就去上補習班，兩人沒有這麼小看大考。

「……下個學年？春假你不就要回老家住了嗎？」

因此由弦說的「下個學年」引起了她的好奇心。

下個學年指的是今年四月以後。

春假則是三月……是這個學年的事。

「喔……關於那件事，呃……如果妳方便，要不要來我家住？」

愛理沙睜大眼睛。

「我當然跟家人商量過了。那個……跟妳在一起的時間突然變少，我也會寂寞……尤其是家人出國的期間，我要一個人看家。那個……前提是妳不排斥啦，妳意下如何？」

「我一定去！」

愛理沙握住由弦的手，眼睛亮了起來。

※

放春假的隔天——

「嘿咻……這樣就整理完了。」

由弦將最後的行李裝進紙箱，吁出一口氣。

接著環視幫他搬家的未婚妻及朋友們。

「謝謝你們，幫大忙了。」

「嗯。你欠我一個人情。」

凪梨天香笑著說道。

由弦點頭表示理解，天香有點不知所措。

……她好像只是開玩笑的。

「哎呀，還以為可以找到一、兩本色色的書。」

「真可惜。」

懷著不純動機幫忙的橘亞夜香及上西千春紛紛說道。

「……我沒有那種東西。」

由弦看著愛理沙，彷彿在辯解。

「應該的。」

愛理沙露出燦爛的笑容點頭回應。

「不過這裡很適合我們幾個大男人聚會耶。」

「確實。」

佐竹宗一郎和良善寺聖異口同聲地說。
除了愛理沙，他們是最常待在由弦家的人。
兩位男性友人誠實的感想，令由弦面露苦笑。
「抱歉嘍……之後再找其他地方吧。」
隨後，由弦望向時鐘。
時間已經過了下午兩點。
由弦吃完早餐就一直在收拾行李，現在覺得餓了。
他的朋友應該也一樣。
由弦如此推測，提議道：
「你們要吃什麼？我請客。」

※

「哇，是披薩！好久沒吃了！」
看到眼前的披薩，愛理沙興奮得兩眼發光。
時間已經過了下午三點。
以午餐來說太晚，以晚餐來說太早的時段。

「那麼由弦弦，身為主辦人，由你發號施令吧。」

「有必要那麼誇張嗎……是可以啦。啊——呃——這個嘛……謝謝大家今天來幫忙……乾杯！」

「「乾杯。」」

六人隨著由弦一聲令下，舉起紙杯。

先喝了口果汁才開始切披薩分食。

「對了……大家打算什麼時候開始準備大考？……該不會已經在準備了吧？」

愛理沙開啟話題。

有幾個人——尤其是千春和聖——明顯擺出臭臉。

「在、在這種時候……竟然問這麼討厭的問題。」

「真的……」

「對、對不起。」

愛理沙一臉愧疚，大概是覺得這個話題不該在玩樂時聊。

由弦卻用力搖頭，幫未婚妻說話。

「不，這很重要……對你們這種人來說更是重要。不現在開始準備會來不及吧？」

由弦知道兩人的志願和成績有所差距。

但他們不僅沒把由弦的話聽進去，還直接摀住耳朵，表現出不想聽的態度。

……就是因為這樣，才會導致他們「志願和成績有所差距」。

「那愛理沙同學呢？」

「我預計趁春假的時候去上補習班……跟由弦同學一起。」

愛理沙回答天香的問題。

由弦點頭表示肯定。

「哎呀，是嗎？真巧……我也是……雖然我還沒打算開始認真念。」

「我也是……我已經要去報補習班了。學校教的不夠我應付大考。」

天香和宗一郎分別回答。

儘管應試態度有細微的差異，不過有一起上補習班的戰友確實令人安心。

在由弦和愛理沙慶幸能跟朋友一起上課時，亞夜香像要潑冷水似的從旁插嘴。

「哦——真用功。現在才春天耶？我夏天才要開始念。」

由弦聽了露出苦笑。

這麼大意小心落榜——這句話他說不出口。

亞夜香是天才。

平常用不著特別準備，即可拿出不差的成績，稍微念一下就會有大幅度的進步。

她屬於這類型的人。

「你們說對不對？」

「對！等天氣回暖一點再開始念，應該也沒問題！」
「等到夏天，你們就會說要等天氣更涼一點再開始念。」
由弦苦口婆心地說。
俗話說，今日事今日畢。
「唉唷，沒關係啦。最壞的情況……還可以當重考生呀？」
天香這句話聽起來像在開玩笑。
實際上，由弦念的高中有不少學生會選擇重考，所以她說的也不全是玩笑。
……在場所有人都「應屆考上」的可能性，應該還比較低。
「……我死都不要念兩年書。」
「我也不要。」
「意思是，就算沒考上第一志願，你們也會妥協嘍？」
愛理沙詢問兩人。
「學歷」的價值對每個人來說各不相同。
是否值得獻上青少年時期珍貴的一年——有些人則是兩年以上——因人而異。
若無論如何都不想重考，也是有這個選擇。
天香和聖卻同時移開目光。
他們似乎也有不能退讓的部分、不容妥協的底線。

「像你們這類型的人，至少要現在開始準備吧？是可以等到夏天再閉關念書……不過最好留一段時間助跑。」

「……說得也是。春季短期班的資料……可以請你們傳給我嗎？」

「……我也要。」

千春和聖愁眉苦臉地說。

看來亞夜香以外的六人，都要去上春季短期班。

「咦？大家都要去嗎？……那我也要去！我不要被排擠！」

更正。

是七個人。

※

由弦順利搬完家的數日後——

「今天承蒙您的招待。」

愛理沙來到由弦的老家，對由弦的祖父——高瀨川宗玄低頭致謝。

宗玄對她露出溫和的笑容。

「不會，我才要感謝妳願意來做客……其實起因是我跟由弦提過，想和愛理沙小姐——

未來的孫媳好好聊一下。」
「是、是嗎……？」
愛理沙聽了有點緊張。
她不是第一次見到宗玄，卻沒跟他講過幾句話。
再說，男友的祖父跟她的關係絕對稱不上疏遠，但也稱不上親近。
「啊——別那麼緊張。我不打算搶走妳和他相處的時間。而且我們平常都住在另一棟。」
高瀨川宗玄是高瀨川家實質上的統治者……
然而，他表面上已經將地位讓給由弦的父親，退居幕後。
所以才沒有住在本邸，而是住在另一棟，也就是別館。
但他動不動就會跑來本邸見兒孫。
「老爺子，太囉嗦了！你的壞習慣又犯了。」
「沒那麼久吧……」
由弦的祖母——高瀨川千和子向他抱怨，宗玄悶悶不樂地閉上嘴巴。
「哎呀，不好意思……他好像到了看到年輕人，會忍不住想多聊幾句的年紀。」
「不會，能跟由弦同學的祖父聊天……我很高興。」
愛理沙笑著回答由弦的父親高瀨川和彌。

她並不覺得由弦的祖父囉嗦……

也沒傻到會在當事人面前肯定未婚夫的祖父囉嗦。

「既然妳這樣想，是不是該快點進去？」

未婚夫由弦在愛理沙旁邊拖著行李箱說。

是由弦去車站接愛理沙，帶她回家的。

前任當家和現任當家點頭贊成下任當家，催促愛理沙進門。

「那麼，打擾了。」

愛理沙行了一禮，走進高瀨川家。

「總之……先去放行李吧。我帶妳去客房。」

「謝謝。在那之前……這是養父的一點心意。」

愛理沙稍微舉高手中的紙袋。

上面印著知名和菓子老店的商標。

「哎呀，謝謝……彩弓。」

「是……謝謝愛理沙姊姊。」

由弦的妹妹高瀨川彩弓隨著和彌一聲令下，上前從愛理沙手中接過紙袋。

之後，愛理沙跟著由弦走在走廊上。

他帶她來到一間乾淨的和室。

家具一應俱全。

「也是有更好的房間……不過有壺或掛軸的話，妳會沒辦法放鬆吧？」

「對呀……這樣比較好。」

房間裡有貴重物品，即使不會動到，也會擔心「會不會弄壞它」。

愛理沙很感謝未婚夫的貼心之舉。

「還要等一陣子才開飯……妳想做什麼？我房間有遊戲可以玩……最好不要去客廳，八成會被迫聽爺爺嘮叨。」

「……那我可以提出一個要求嗎？」

「請儘管開口。」

「可不可以讓我摸狗狗？」

愛理沙做出雙手開合的動作。

「啊……好可愛。」

愛理沙摸著亞歷山大（秋田犬），滿面笑容。

亞歷山大乖乖讓愛理沙撫摸。

不曉得是因為由弦在附近，還是牠記得愛理沙。

摸了一會兒，漢尼拔（西班牙獒犬）用頭輕撞愛理沙，似乎是在嫉妒。

「啊，等等……我知道，現在就摸摸你喔。」

愛理沙停止撫摸亞歷山大，將手伸向漢尼拔。

撫摸牠的大頭及脖子。

「好大一隻，毛茸茸的，抱起來好滿足。貓咪固然可愛，但狗狗也不錯呢……」

愛理沙抱住漢尼拔，把臉埋進毛中，感慨良多地說。

她眼神陶醉，整張臉笑開了。

就連面對由弦的時候，她都不太會露出這種表情。

「下輩子好想當狗……」

想被愛理沙養。

由弦一面撫摸另外兩隻狗——英國獒犬大西庇阿和德國牧羊犬皮洛士，一面心想。

「既然要變成動物，請你變貓咪。這樣我會好好疼愛你……哇！」

「愛、愛理沙？」

愛理沙不知何時被亞歷山大跟漢尼拔撲倒了。

兩隻狗壓在她身上舔她的臉。

「啊……停，等、等一下……」

「嗯……我該救妳嗎？」

愛理沙看起來像是遭受攻擊，總覺得必須出手相助……

但她又玩得很開心的樣子。

而且身為飼主的由弦很清楚，這兩隻狗不會咬人。

「這、這種事……有什麼好煩惱的……啊！救我。不行，不要一直舔……」

「是是是。嘿，走開。走開。走開……走開！」

由弦厲聲制止兩隻狗，用力把牠們從愛理沙身上推開。

兩隻狗發現自己被罵，沮喪地垂下頭。

「愛理沙，妳沒事吧？」

「沒、沒事。」

由弦拉起倒在地上的愛理沙。

她好不容易坐起身。

沒有受傷。

可是全身都是泥土和狗毛，以及狗的唾液。

「最好在吃飯前洗個澡。」

「啊哈哈……說得也是。」

愛理沙苦笑著說。

※

「不好意思……耽誤到大家吃晚餐的時間。」

洗完澡，愛理沙鞠躬向眾人道歉。

包含由弦在內的高瀨川家成員都在客廳集合，桌上擺滿餐點。

「沒關係。晚餐也才剛做好……對不起喔，我們家的狗給妳添麻煩了……」

由弦之母彩由愧疚地說。

愛理沙的髒衣服拿去洗了。

「不會，是我太不注意……」

愛理沙再度低下頭，坐到由弦旁邊的空位。

與此同時，女傭端來最後一道作為主菜的料理——生魚片。

「那麼，開動吧。」

眾人隨著宗玄的號令，開始享用晚餐。

看到由弦開動後，愛理沙也拿起筷子——

夾起煮魚送入口中。

「好美味……這是喜知次嗎？」

愛理沙詢問彩由。

彩由一臉尷尬。

「咦？啊……那個……」

「……是喜知次沒錯，夫人。」

附近的女傭附在彩由耳邊小聲說道。

彩由故作正經地點頭。

「對，是喜知次。」

「是、是嗎……我知道了。」

平常都是由女傭做菜。

愛理沙想起這件事，苦笑著點頭。

「愛理沙，要不要我幫妳夾生魚片？」

坐在旁邊的由弦詢問愛理沙。

愛理沙坐的位置，有點難夾到放在正中央的生魚片。

此外，不得不說放在大盤子裡的菜會讓人不太好意思夾。

即使對方歡迎自己來作客。

因此，由弦的提議對愛理沙來說宛如神助。

「那就麻煩了。」

「妳要幾片？」
「先每種各一片。」
由弦將生魚片夾進愛理沙的小盤子。
每種各一片。總共五片。
這點量就不用擔心吃不完了。
「你們家應該……不是每天都吃這麼豪華吧？」
愛理沙詢問由弦。
由弦苦笑著肯定。
「今天是因為妳來了……又是第一天。妳想天天吃嗎？」
「這樣我實在擔待不起……」
愛理沙以苦笑回應由弦半開玩笑的問題。
「噢……對了，愛理沙小姐，妳喜歡吃什麼東西？」
宗玄看準由弦和愛理沙講完話的時機，客氣地詢問。
他蠢蠢欲動，想跟愛理沙——孫子的未婚妻、年輕人聊天。
從表情就看得出來。
「這個嘛……」
愛理沙也認為這是個跟未婚夫的祖父增進情誼的好機會。

她笑咪咪地跟由弦的祖父聊起天來。

過了約一個小時……

「然後啊，我就跟GHQ的那些傢伙說——」

「……這、這樣呀。」

講得有點久。

正當愛理沙開始這麼覺得時……

「愛理沙，差不多該去準備明天的東西嘍？」

由弦打斷兩人的交談。

宗玄面露疑惑。

「……明天？」

「明天我和愛理沙都要去上補習班……你忘啦？」

由弦苦笑著說。宗玄以誇張的動作點了點頭。

「怎麼會？當然記得。我沒那麼健忘……喔，嗯。是啊。意思是，你們明天要早起嗎？今天就聊到這……快睡吧。」

語畢，宗玄像要掩飾尷尬似的清了下嗓子。

※

吃完晚餐——

在由弦房間兩人獨處時，由弦愧疚地跟愛理沙道歉。

「對不起，爺爺話那麼多……我早跟他說過不要那麼囉嗦。」

「不會，我聽得很開心。」

愛理沙如此回應羞愧的由弦。

宗玄是連政界和經濟界的內幕都知之甚詳的長輩，他所分享的故事大多非常有趣。

「聽妳這麼說我很高興……可是這句話最好別對爺爺說。」

「那個……為什麼？」

「如果妳想聽比剛才長好幾倍的故事，是無所謂……」

「……感謝你的忠告。」

愛理沙面色凝重地點頭。

之後，兩人一邊卿卿我我，一邊為明天早上要開始上的春季短期班做準備。

到了晚上十一點，他們決定上床睡覺。

「愛理沙，廁所就在旁邊。」

「好的，謝謝你。」

「怕的話打電話給我，我會立刻過來。」

「……這次不會有事啦。」

愛理沙鼓起臉頰。

由弦愉悅地笑了。

「對了……愛理沙。」

「什麼事？」

「三天後……我爸媽會去旅行。」

「嗯……我知道。」

今年由弦不會參加……

不過其他人都會按照往年的慣例出國旅遊。

愛理沙也事先聽說過。

歸根究柢，由弦邀請愛理沙來家裡住的原因，就是「一個人會寂寞」。

「怎麼了嗎？」

為何現在又講一次？

愛理沙納悶地問。

「嗯。也就是說——」

由弦把臉湊到愛理沙耳邊。
輕聲呢喃。
「……這樣就能一起睡了。」
愛理沙感覺到臉頰有點發燙。
「……嗯。我會期待的。」
她紅著臉回答。

※

隔天早上——
愛理沙在平常的時間起床，換好衣服，走去洗手間洗臉。
「……大家都還在睡？」
她不禁懷疑自己是不是起太早了。
洗完臉，她打算先到廚房看看。
因為她覺得如果有其他人醒了，會在那裡。
「不現在就開始準備，果然會趕不上早餐時間呢。」
走近廚房，她聽見微弱的切菜聲。

大概是彩由在做菜吧。

愛理沙探出頭，想著應該要去幫忙。

「早安……？」

然而，廚房裡的人並不是彩由。

不是高瀨川家的人……是一名中年女子。

但她認識那個人。

對方做過自我介紹，昨天的晚餐也是由她送上桌的。

「哎呀……早安，少夫人。您起得真早。」

在高瀨川家工作的女傭停止切菜，對愛理沙鞠躬。

被喚作「少夫人」，愛理沙不禁苦笑。

「少夫人……這樣叫太早了啦。」

「呵呵呵，的確。那麼……稱呼您為愛理沙女士可以嗎？」

「……好的。」

被加上「女士」這個敬稱，愛理沙下意識搔著臉頰。

餐廳的服務生會稱呼她「這位小姐」、「雪城小姐」，不過被叫「愛理沙女士」還是第一次。

「妳在做早餐嗎？」

「是的。」

「有沒有什麼是我幫得上忙的？」

愛理沙早起是為了幫忙準備早餐。

身為將來要嫁進高瀨川家的人，一直以客人的身分「借住」在這裡，她有點過意不去。

「沒關係沒關係……請您好好休息。」

「我可以幫忙處理一些簡單的雜務……」

女傭聞言，露出有點為難的表情。

「那個……感謝您有這份心，但這是我的工作……」

「是、是嗎……」

這是工作。

人家都這麼說了，愛理沙也不好意思硬要幫忙。

「啊，對了……方便的話，可以請您在適當的時間叫少爺起床嗎？由您叫他起床，少爺一定會很高興……」

「這樣呀。我知道了。」

於是，愛理沙被委婉地趕出廚房。

※

前往補習班的路上——

「除了週末和國定假日，你們家都會有傭人在嗎？」

愛理沙詢問由弦。

由弦點頭肯定。

「基本上是。還有……旅行的期間他們也不會在。」

「旅行？……噢，出國旅行嗎？」

「嗯。我們出去旅行，有部分也是想讓傭人……還有園丁放假。所以爺爺他們也會去溫泉旅行……真的只有我們兩個。妳放心。」

「這樣呀……」

由弦好像以為愛理沙在擔心會不會因為有女傭在，不能享受兩人時光。

她當然也想過這個問題……不過愛理沙擔心的並不是這個。

「……發生了什麼事？」

不是她想要的答案。

她的想法似乎表現在臉上了。

愛理沙輕輕點頭。

「那個……今天早上，我想幫忙準備早餐，結果被拒絕了。」

「喔、喔……嗯，不意外。妳不用幫忙……不如說最好不要幫忙……搶人家的工作不太好。」

「我想也是……」

愛理沙微微垂下肩膀。

她也知道就算是出於好意，女傭和高瀨川家可是雇傭關係，侵入她的工作領域並不可取。

理智上明白，卻靜不下心。

「……妳想幫忙做家事？」

「也不是……那個……該怎麼說？我想……做菜給你吃。」

愛理沙當然也有喜歡做的家事、討厭做的家事、擅長做的家事、不擅長做的家事。

例如掃廁所，她不會搶著做。

至於下廚，她想讓由弦品嘗自己親手做的料理。

因為這是能讓愛理沙引以為傲的領域，她也有自信抓住了由弦的胃。

「那後天開始就麻煩妳嘍？」

「好的。那麼……我們結婚後……」

「嗅……這個啊。」

由弦把手放在下巴思考，開口說道：

「離我們大學畢業……至少也要等到五年後吧？如果要念研究所，還會花更多時間。結婚後……應該會先在外面的華廈或別館住一陣子，再搬回本邸……到時最年長的傭人大概已經退休了。」

「……意思是，我可以進廚房嘍？」

最年長的傭人會退休。

意即人手變少，有可能讓愛理沙做家事。

愛理沙向由弦確認自己的理解是否有誤，由弦用力點頭。

「前提是妳想做……吧？若妳找到想做的工作、興趣或研究……沒空做飯，大可再雇一些人。」

「原來如此。是這樣嗎……雖然不知道找不找得到想做的事，但到時再考慮就行了。」

「對啊……後天開始，我可以期待吃到妳做的菜嗎？」

愛理沙用力點頭。

「那還用說！」

※

「小愛理沙現在住在由弦弦的老家對吧？」

春季短期班的第三天——

亞夜香在中間的休息時間找愛理沙聊天。

愛理沙點頭肯定。

「是的。我在由弦同學家叨擾。」

「有沒有什麼進展？」

「……進展？」

這個問題令愛理沙心生疑惑。

亞夜香則奸笑著跟她講悄悄話。

「跟未婚夫住在同一個屋簷下，只有一件事要做吧。」

「什麼！」

愛理沙羞得滿臉通紅。

「還有他的家人在喔？怎麼可能做那種事！」

他們確實住在同一個屋簷下，可是其他高瀨川家的成員也在。

就算不會被偷窺，她的膽量也沒有大到敢做那種會被胡亂猜測兩人做了什麼的行為。

「意思是，由弦的家人不在，你們就會做？」

「這、這……」

愛理沙想起三天前由弦說的話——等家人出去旅行，就能一起睡了。

由弦的家人會在他跟愛理沙從補習班回來後出門。

因此，從今晚開始，他們就能睡在同一張床上。

「妳的臉好紅。咦，被我說中了？」

「才、才沒有！不、不要挑我語病！……我跟由弦同學又不是第一次一起睡。」

由弦和愛理沙不是第一次住一起。

也不是第一次同床共枕。

愛理沙告訴自己是她想太多了，如此主張。

「我又沒說你們要一起睡。哎唷——妳這個悶騷鬼！」

「唔……但妳那樣說，就是有那個意思。」

愛理沙瞪向亞夜香，抱怨是她自己要講那種讓人誤會的話。

亞夜香聳聳肩膀。

「是沒錯……但除此之外還有很多事可以做吧。」

「……除此之外？」

「嗯，除此之外。咦？說到跟未婚夫住在同一個屋簷下要做的事，小愛理沙只想得到那個嗎？」

「別鬧我了……選項太多，我不知道妳指的是什麼。再說，能做的我們都做過了。」

一起睡覺。

躺大腿、躺手臂。

接吻、擁抱。

做菜給由弦吃、一起下廚。

一起玩遊戲。

沒做什麼特別的事，過著平凡無奇的時間。

能做的事大致上都做過了。

愛理沙認為，若要說沒做的事，頂多只有那一個。

「哦，所以你們看過對方的裸體嘍。」

「裸、裸體……並、並沒有！怎、怎麼可能！」

包含泳裝在內，穿過類似半裸的衣服，不過愛理沙尚未讓由弦看過自己的裸體。

也沒看過他的。

半裸和全裸的差別在於重要部位是否有遮住，相去甚遠。

「再、再說……裸體，只有在做那種事的時候，才會給人看吧？」

「是嗎？」

「對呀……總不會莫名其妙脫光吧？」

脫光給我看。

假如由弦突然講這種話，她會很困擾。

愛理沙當然不排斥……可是情境、氣氛是很重要的。
「是嗎？不只在那種時候吧。」
「……比如說？」
「啊，妳會好奇？就這麼想露給由弦弦看？還是想看他的裸體？」
「才不是！」
面對亞夜香的調侃，愛理沙別過頭鬧起脾氣。

※

「那我們幾個電燈泡就出門嘍。兩位年輕人好好玩吧。」
「感謝妳的體貼。」
由弦苦笑著回答彩弓。
彩弓對愛理沙揮手道別，仰望雙親的面容，彷彿在說「好了，我們走吧！」
由弦的父母卻還放不下心的樣子。
「由弦，你來一下。」
「什麼事，媽？」
彩由招手將由弦叫到身邊。

她看了愛理沙一眼，對來到身邊的兒子竊竊私語。

「我想你也明白，不要太超過喔？」

「我知道。」

「絕對不要讓我們必須去跟愛理沙小姐的監護人道歉。」

「知道啦……不能再相信我一點嗎？」

由弦悶悶不樂地對彩由抱怨。

雖然想快點跟愛理沙膩在一起，不過他當然會遵守底線。

由弦本來就不打算做會讓愛理沙困擾、難受、傷心的事。

「真正的賢妻良母，指的是相信丈夫及兒子，卻不盲信的人。」

「賢妻良母啊……」

「你有意見嗎？」

「沒有。」

由弦搖搖頭。

彩由滿意地點頭，面向愛理沙。

「我兒子就麻煩妳照顧嘍。」

「好的。包在我身上。」

愛理沙用力點頭。

彩由自不用說，和彌聽了也露出笑容。

「真可靠。可以放心交給你們看家……那我們出發了。有事就聯絡我們，別客氣。」

留下這句話，三人便坐進車中離開了。

由弦目送家人離開，把手放到愛理沙肩上。

「……怎麼了？」

「爸媽好像不信任我。我受傷了。安慰我。」

由弦邊說邊將頭湊到愛理沙面前。

他當然沒有脆弱到會為這點小事受傷。

僅僅是想跟愛理沙卿卿我我的正當理由。

「乖乖乖……」

愛理沙無奈地撫摸由弦的頭。

※

「由弦同學，張嘴——」

「啊……」

由弦張開嘴巴，迎接筷子上的馬鈴薯燉肉。

愛理沙放下筷子，詢問由弦：
「好吃嗎？」
「嗯，好吃。鹹度剛剛好。」
聽到由弦這麼說，愛理沙滿足地點頭。
「是嗎？那就完成嘍。」
由弦的雙親和妹妹出國旅行後——
兩人馬上著手準備晚餐。
「剩下魚了……烤好了嗎？」
「剛好烤好……吧？」
「……我看看。嗯……烤好了。沒問題。」
確認主菜完成後，兩人將餐點放在托盤上，端到客廳。
講完「我開動了」才拿起筷子。
「有一段時間沒吃妳做的菜了，真的好好吃。」
由弦瞇著眼睛稱讚。
女傭們也是這方面的專家，廚藝自然沒話說……不過愛理沙——未婚妻為自己做的菜是特例。
「謝謝……你烤的魚也很美味喔？」

「呃，厲害的是烤肉爐……」

「我知道。開玩笑的。」

兩人一面閒聊，一面吃完晚餐。

由弦在洗餐具的時候詢問愛理沙：

「等等要做什麼？」

「……我想一下。」

愛理沙沉思片刻，輕輕拍了下手。

「對了。我想請你讓我看一個東西。」

「想看的東西？」

「是的。有沒有你小時候的影片？」

「喔……原來是那個。」

由弦搔搔臉頰。

大部分的家庭，家裡應該都有相簿、錄影帶等記錄「回憶」的資訊媒體。

由弦家當然也有……而且多不勝數。

所以要給她看是辦得到的。

「……有什麼問題嗎？」

「沒有，只是有點害羞……」

「如果你真的不想，我也不會勉強你……」

愛理沙一臉遺憾。

由弦使勁搖頭。

「不會……沒關係。害羞歸害羞……倒也不是不想給妳看。想看就看吧……妳想看對吧？」

「是的。我非常……好奇！」

愛理沙眼睛一亮，激動地點頭。

由弦苦笑著放下洗好的餐具，用手帕擦乾雙手。

「知道了……我去找一下。剩下的餐具可以拜託妳洗嗎？洗好在客廳等我。」

「好的！」

這種時候（找東西的時候）家裡這麼大真讓人頭痛。

由弦如此心想，開始尋找應該有錄到孩童時期的光碟片。

幸好它放在由弦所想的地方。愛理沙洗好餐具時，他成功把光碟片帶過來了。

「妳想看哪個部分？」

「我想想……從最早的時候看起吧。」

「那就是零歲嘍。」

感覺會看很久。由弦苦笑著播放影片。

一名年輕女子和嬰兒出現在電視螢幕中。
「哇……這個小嬰兒就是你。好可愛……」
「妳比較可愛。」
「現在別講這個啦。」
螢幕中的由弦慢慢長大。
看到成長後的由弦，愛理沙高興地笑著說：「有點像現在的你。」
然而，看到一半她就用雙手遮住自己的臉。
「哇、哇哇……幫、幫我快轉！」
「……反應不必這麼大吧。」
正好是由弦洗澡的片段。
當然沒穿衣服，一絲不掛。
不過他還是個小嬰兒，全裸也不會怎麼樣。
「不、不行……這叫犯罪！」
「喔，呃，隨便妳……」
臉有點紅、驚慌失措的愛理沙雖然很有趣……
但由弦判斷讓未婚妻太困擾也不好，於是照她所說按下快轉鍵。
下一刻，螢幕便映出穿著衣服的由弦。

由弦繼續成長。
從爬行變成站得起來，開始學會用雙腳走路、跑步。
「啊哈哈，由弦同學，你原來這麼愛撒嬌。」
不想去幼稚園！
看到由弦哭著抓住母親鬧脾氣的模樣，愛理沙笑得樂不可支。
「都小時候的事了……別笑我。」
螢幕外的由弦則嘆著氣說。
雖說是以前的事，不過自己的醜態被被未婚妻看到，實在很丟人。
「這種成長的紀錄真好……」
愛理沙羨慕地嘀咕道。
神情透出一絲憂傷。
「妳沒有嗎？……小學前的影片或照片。」
愛理沙的雙親是在她小學時去世的。
留有小學前的影片或照片並不奇怪，除非她的雙親是機器白痴。
「……不知道耶？我沒問過，所以不清楚。」
「……不去問問看嗎？」
「這個嘛，等我有那個心情再說……」

她的態度這麼消極，由弦感到疑惑。

會羨慕，卻又不去找，有點難以理解。

（……是害怕知道沒有留下紀錄嗎？還是不想看見父母生前的樣子？）

其中似乎有著只有愛理沙才明白的複雜情緒。

由弦認為這種事還是不要隨便過問，摟住愛理沙的肩膀。

「未來一起留下許多回憶吧……當然，連孩子的份也包含在內。」

「你想太遠了啦。」

愛理沙臉頰微微泛紅。

※

「又拍到亞夜香同學了……」

愛理沙語帶不悅。

螢幕中映著年紀約五歲的兩位少年和一名少女——由弦、宗一郎、亞夜香。

三個人在玩扮家家酒。

宗一郎被亞夜香逼著吃泥團子，由弦看了嚇得要死——的景象。

「對啊。」

「為什麼？」

「因為我們是青梅竹馬。」

「……都沒拍到我。」

「因為我們那個時候還不認識。」

「……」

「不要為無法改變的事情生氣嘛……」

「我沒有生氣。」

愛理沙靠到由弦身上，把頭湊過去。

由弦溫柔地撫摸她的頭。

「比起小亞夜香的泥團子，我更喜歡妳做的菜。」

「那還用說？前者根本不能吃吧？」

「……宗一郎在吃啊。」

「……好可憐。」

兩人的上下關係似乎這時就確立了。

由弦和愛理沙都露出苦笑。

愛理沙的心情變好一些時，場景切換了。

地點在熟悉的浴室……

「哇哇！不、不行！」
「好痛……」
愛理沙連忙遮住由弦的眼睛。
雖說力道不重，但被人一巴掌打在臉上，由弦輕聲哀號。
「妳、妳幹嘛！」
「不、不准看！」
「只不過是五歲兒童的裸體……」
「不可以！……我要快轉！」
愛理沙大叫道。
過沒多久，由弦眼前恢復光明。
「妳太在意了吧？」
「當然會在意……你們為什麼一起洗澡？」
「不知道……喔，既然是按照時間播，應該是因為我們玩扮家家酒玩得滿身髒？」
宗一郎被硬餵泥團子的那一幕中，由弦、宗一郎、亞夜香都全身是泥。
吃完飯後，幾位家長將他們三個一起扔進浴缸，洗淨身體。
由弦如此推測。
「嗚嗚……所、所以說青梅竹馬就是這樣……！你、你們一起洗澡到什麼時候！」

「嗯……剛才那一幕我也沒印象。那大概就是最後一次吧？我猜的啦……」
至少由弦並不記得。
可是，他無法否認有可能在之後看到的影片中發現。
「是嗎……那就原諒你。」
愛理沙輕輕哼了聲，由弦不禁苦笑。
「這麼羨慕的話，等等要一起洗澡嗎？」
由弦懷著半開玩笑的心態提議。
愛理沙當場僵住。
過沒多久，她睜大翠綠色的雙眸。
「喔……那、那個……我開玩——」
「……你想一起洗嗎？」
就在由弦想蒙混過去的時候，愛理沙打斷他說話，臉頰微微泛紅。
由弦想了一下，點點頭。
「……想。」
「這樣呀。」
「……妳呢？」
「我也……不排斥。」

愛理沙用水汪汪的眼睛仰望由弦。
人家都講得這麼明白了，事到如今可不能逃避。
而且由弦並不打算逃避，也沒那個必要。
「是、是嗎……那就一起洗吧。」
「好的……一起洗吧。」
愛理沙用力點頭。
「……」
「……」
經過短暫的沉默──
「……沒有泳裝可以穿喔，妳不介意嗎？」
「……嗯，我知道。」
「這樣……啊。」
由弦發現心臟不知不覺跳得好快。
明明期待已久，然而一旦真的要一起洗澡，便不受控制地緊張起來。
「我去燒洗澡水……可以等我一下嗎？」
由弦站起身。
愛理沙點點頭。

「好的。浴室……」

「女傭打掃乾淨了。」

「原來如此。」

「所以只要等熱水放好就行。那我走嘍。」

由弦按捺住急躁的心情，前往浴室。

燒洗澡水很簡單，按下燒熱水的按鈕即可。

按完一個按鈕，由弦回到客廳。

愛理沙跪坐在那邊等他。

「……好了。大概要等十五分鐘。」

已經逃不掉了。

這句話是在對愛理沙說，同時也是對自己說的。由弦坐到愛理沙旁邊。

「……」

「……」

室內只聽得見電視聲。

由弦不知道該跟愛理沙說什麼。

他坐立不安，焦慮地左顧右盼，觀察客廳。

當然不可能找到什麼特別的東西。

由弦再度望向愛理沙。

「「啊……」」

不小心跟前一刻還低著頭的愛理沙四目相交。

都對到眼了，自然必須說點什麼。

「「那、那個……」」

由弦和愛理沙都有同樣的想法。

兩人的聲音重疊在一起。

「你、你先說……」

「呃、呃……」

在愛理沙的催促下，由弦絞盡腦汁思考話題。

他只想著必須打破沉默，最重要的話題則毫無頭緒。

「明天補習班要教的部分……」

由弦重複了好幾遍照理說已經討論得差不多的內容。

愛理沙也不停應聲。

這段對話空洞無比，而且他們都心不在焉。

「……對了，那妳呢？」

「我、我嗎？那、那個……我怎麼了？」

「妳剛剛想說什麼……」

「噢、噢！就、就是……呃、呃……」

愛理沙八成也什麼都沒想。

她目光游移。

「洗完澡要、要做什麼？」

現在才晚上八點。

不管他們洗再久，洗完頂多九點。

九點睡未免太早了。

「可以看剩下的影片？……看膩了可以玩遊戲。」

「好、好呀。」

愛理沙以乾笑回應。

由弦也緊張得面色僵硬，硬扯出笑容。

「……」

「……」

沉默再度降臨。

不曉得過了一分鐘、兩分鐘……還是五分鐘以上？

愛理沙慢慢站起來。

「……愛理沙？」

「我去拿換洗衣物和浴巾。」

「喔、喔。那我也……去拿衣服。」

由弦跟著起身。

「……水大概會在我們淋浴的期間放好。」

「這樣呀。」

「所以，可以去洗澡了。」

「那……在浴室集合吧。」

跟愛理沙說好後，由弦和她道別，走向房間。

帶著自己的浴巾和換洗衣物，前往浴室。

剛抵達更衣室，愛理沙就來了。

「……讓你久等了。」

「不會，我剛到而已。」

兩人面面相覷，緩慢點頭。

——進去吧。

※

「好了……要做什麼呢？」
「對、對呀……要做什麼呢？」
兩人進入更衣室，紛紛提出疑惑。
沒什麼好問的，答案只有一個。
「總、總之……先脫衣服吧。」
「也對！」
愛理沙點頭贊同由弦。
她卻沒有要脫衣服的跡象。
而是緊盯著由弦。
「怎麼了？」
「……可以請你幫我脫嗎？」
「……咦？」
這句話令由弦反射性驚呼。
然而，愛理沙依舊盯著他看。
「……不行嗎？」
「沒有……不是不行。只是有點嚇到……」

由弦回答後，把手伸向愛理沙的和服束帶。

解開帶子，敞開衣領……愛理沙雪白的肌膚顯露而出。

「那……我要脫嘍。」

「……好的。」

由弦抓住和服往下拉，將它從愛理沙的肩膀及手臂脫下來。

全身只剩黑色的內衣褲。

「……好適合妳。」

愛理沙羞澀地別過頭。

「突、突然講這個幹嘛……」

「我、我以為誇妳一下比較好……不行嗎？」

「……是可以。」

愛理沙鼓起臉頰。

比起生氣，看起來更像在掩飾害羞。

「接下來換妳嘍。」

「……換我？」

「……我以為要輪流幫對方脫。」

由弦搔著臉頰，對錯愕的愛理沙說。

「呃……我誤會了嗎？」
「啊，沒有……我沒那個意思，不過可以喔。」
這麼說著的愛理沙點點頭，蹲在由弦腳邊。
抓住束帶，解開。
然後起身把手放在由弦肩上。
「……要脫嘍。」
「嗯，麻煩妳了。」
由弦點頭回應，愛理沙將和服往下拉。
他把手從袖子抽了出來。
兩人都只穿著貼身衣物。
「……」
「……」
經過短暫的沉默，由弦開口說道：
「輪到我了嗎？」
愛理沙卻匆匆忙忙把手伸向前方，制止由弦。
「等、等一下！」
「呃……」

「我、我還沒做好心理準備……」

她滿臉通紅地說。

原因除了害羞，她看起來非常緊張。

「……還是算了？」

由弦想跟愛理沙一起洗澡。

但她不想傷害愛理沙，或者對她造成負擔。

因此他才會喊停，愛理沙卻用力搖頭。

「都、都做到這個地步了，不能半途而廢。」

她堅定地說。

「請、請給我……一點時間。」

看來她需要時間做心理準備。

可是一直只穿著內衣褲有點冷。

既然如此，由弦提出另一個建議。

「……那妳可以先幫我脫衣服嗎？」

「原、原來如此。好的。」

愛理沙點點頭，抓住由弦的內衣。

然後凝視由弦。

「可以把手往前伸嗎？」
「這樣？」
「對。」
由弦將雙手伸向前方，愛理沙開始將內衣往上拉。
接著把衣服翻面，從前面脫下來。
「……下面也可以麻煩妳嗎？」
由弦詢問愛理沙。
愛理沙激動地不停搖頭。
「不、不行……不可以！」
「那要脫妳的嗎？」
愛理沙沉默了一會兒，輕輕點頭。
「……麻煩你了。」
「好。」
由弦把手繞到愛理沙背後，伸向內衣——的背釦。
卻緊張得手抖，解不開來。
「……沒問題嗎？」
「嗯、嗯！當、當然沒問題……等、等我一下……！」

「別急，我又不會逃。」
是因為看到驚慌失措的人，自己反而會變冷靜嗎？
愛理沙的語氣意外鎮定，跟慌張的由弦形成對比。
幸好沒有花太多時間，背釦很快就「喀嚓！」一聲解開了。
由弦接著溫柔地褪下兩邊的肩帶。
脫下內衣後，愛理沙美麗的乳房便顯露而出。
失去了支撐仍未變形，豐滿挺立。
「嗯……」
愛理沙紅著臉別過頭。
「接下來……可以換妳幫我脫嗎？」
「嗯……當然沒問題。」
愛理沙點了點頭，手伸向由弦的內褲。
「要、要脫嘍……」
「……好。」
聽見由弦的回應，愛理沙脫下由弦的內褲。
由弦感覺到下半身接觸到外面的空氣。
「啊——那個……愛理沙……妳還好嗎？」

他詢問單手掩面的愛理沙。

愛理沙沒有回答，慢慢跟由弦拉開距離，站起身。

稍微張開手指。

用翠綠色的眼睛偷看他。

「對、對不起。跟、跟想像中不一樣……我嚇了一跳。」

「……想像？」

「跟剛才看到的不一樣……」

剛才看到的。

大概是指影片中的由弦。

嬰兒時期當然跟現在不能比。

「是、是嗎……呃——愛理沙。」

「……嗯。」

「一直全裸在外面會冷……可以進去了嗎？」

「……請、請便。」

愛理沙別過臉，輕輕點頭。

得到允許的由弦把手伸向她的內褲。

慎重地脫掉。

雙方都一絲不掛。

「……」

「……」

愛理沙雖然害羞得不敢正視由弦，卻沒用手遮住重要部位。

她一副心神不寧的樣子，雙手一開一合。

由弦則覺得明顯不敢看她很奇怪，又不能直盯著看，導致眼神飄來飄去，顯得更加可疑。

「那、那個……愛理沙。」

「……請說。」

「這樣講或許很老套，但我還是要說……」

他搔著臉頰說道。

「……妳很美。」

「……謝謝。」

愛理沙聽了，微微揚起嘴角。

「呃、呃……那個……你也……十分帥氣——啊，不對……呃，也不是不對……」

愛理沙也想稱讚由弦，換了好幾種說法。

最後凝視著由弦說：

「很有……男子氣概。」

「謝謝。」

兩人同時望向浴室。

看著對方點頭。

——進去吧。

※

由弦和愛理沙用毛巾稍微遮住身體，走進浴室。

都脫得精光了，應該不會難為情才對……

不過，兩人實在控制不住害羞的心情，相視而笑。

「呃……那就互相幫對方洗澡……這樣可以嗎？」

「好啊。那個……可以先……麻煩妳幫我洗嗎？」

「好的。」

由弦坐到小凳子上，愛理沙蹲在他後面，拿起蓮蓬頭。

「先沖頭髮喔。」

愛理沙溫柔地幫由弦的頭髮沖水。

然後詢問由弦：

「你平常是先洗頭還是先洗身體？」

「先洗身體。」

「知道了。」

愛理沙拿起海綿，用肥皂搓出一些泡沫。

開始幫由弦搓背。

「如何？舒服嗎？」

「嗯，很舒服。」

她用不會太強也不會太弱的力道幫由弦搓背。

大致洗乾淨時，愛理沙開口說道：

「那，那個……我要洗前面嘍。」

她將雙手繞到由弦前面。

等於從背後抱住了由弦。

由弦感覺到柔軟的雙峰壓在背上。

「怎麼樣？」

愛理沙動手的時候，背上的柔軟物體也會跟著移動。

由弦猜想她是不是故意的，鏡中的她表情卻非常嚴肅。

「還不錯？」

「太好了。」

這時，愛理沙的手停下了。

「……愛理沙？」

「那個……下面……請你自己洗。」

看來頭部以外的上半身都洗好了。

由弦從愛理沙手中接過海綿。

「喔，當然！」

比平常更加仔細地清洗下半身。

「……要洗頭嘍。」

愛理沙接著用雙手搓出泡沫，抹到由弦的頭髮上。

細心搓洗頭皮，開始幫他洗頭。

「有哪裡會癢嗎？」

「沒有。」

「那就好……洗完嘍。」

愛理沙拿起蓮蓬頭，沖掉由弦頭上的泡沫。

「接下來抹潤髮乳……」

「不用，那種洗髮精是洗潤合一的。」

「哎呀，是嗎？我覺得最好用專門的潤髮乳……」

愛理沙轉動水龍頭關掉水。

由弦起身面向她。

「換人——」

「哇！」

愛理沙雙手掩面。

「不、不要突然站起來！」

「抱、抱歉……」

「……真是的！」

她羞得面紅耳赤，坐到椅子上。

由弦拿起蓮蓬頭，詢問愛理沙：

「妳平常都怎麼洗澡？」

「先洗頭，再抹潤髮乳，最後才洗身體。」

「原來如此。這是妳自己帶來的對吧？」

由弦指向推測是愛理沙從家裡帶來的洗髮乳、潤髮乳、沐浴乳。

愛理沙點頭肯定。

「是的。交給你了。」

由弦點了點頭，先沖濕愛理沙的頭髮。

再把洗髮精搓出泡沫。

「喔……有妳的味道。」

「因為我平常用的就是那款嘛。」

愛理沙看起來有點難為情。由弦把泡沫抹在上面，開始洗她的頭髮。

先摩擦頭皮，再仔細洗淨頭髮。

「感覺如何？我從來沒洗過這麼長的頭髮，抓不準力道……」

「還不錯。請你……維持這個力道。」

好像沒有問題，由弦便繼續幫愛理沙洗頭。

最後沖掉泡沫，拿起潤髮乳。

「潤髮乳……要怎麼用？」

「從髮尾抹到整頭……不要抹到頭皮。」

「知道了。」

由弦想像著把愛理沙的頭髮一根根梳開的感覺，塗抹潤髮乳。

對待宛如藝術品的秀髮時，實在很緊張。

「有點沾到頭皮……沒關係嗎？」

「一點點的話沒關係。我也不是每次洗頭都那麼神經質。」

由弦細心地為髮絲抹上潤髮乳，不時詢問愛理沙的感想。

最後用清水徹底洗淨。

「頭髮這樣可以嗎？」

「嗯。那麼，那個……身體……麻煩你了。」

「好。」

由弦拿起海綿，點了點頭。

將海綿按在白皙通透的肌膚上。

溫柔搓洗，彷彿把它當成易碎物品。

「如何？」

「可以再用力一點。」

「這樣？」

「是的，很舒服。」

由弦謹慎地搓掉嬌小身軀上的汙垢——但看起來並不髒。

面積不大，背部很快就洗完了。

「接下來……可以把手舉高嗎？」

「這樣？」

確認愛理沙雙手舉高後，由弦把海綿按在她的腋下。
愛理沙微微顫抖。
「等、等等……好、好癢……」
「要忍耐。」
愛理沙癢得扭動身子。
她或許很難受，可是由弦也在拚命壓抑奇怪的感覺，沒有多餘的心思顧慮她。
「洗好了。接著是……」
「請你幫我洗前面。」
愛理沙小聲地說。
由弦點點頭，緊張地將手臂繞到愛理沙的身體前面。
把海綿放到鎖骨下方。
抹過脖子附近，沿著下面的山峰移動。
「嗯……」
擦過尖端的同時，微弱的呻吟聲自愛理沙口中傳出。
由弦假裝沒聽見，問她：
「這樣可以嗎？」
「可以……乳溝和胸部下方也麻煩了。那裡很容易積汙垢。」

由弦照她所說，把海綿滑進乳溝。

捧起胸部，將下方洗得乾乾淨淨。

「由弦同學……」

「怎麼了？」

「……你洗得真仔細。」

會不會摸得太認真了？

被她這麼一說，由弦急忙放手。

「咦？啊，對不起。」

「呵呵……開玩笑的。」

愛理沙輕笑出聲，大概是覺得由弦的反應很有趣。

「誰叫你最喜歡它了。」

「呃，我不是那個意思……」

容易積汗垢。

純粹是因為愛理沙這樣說，由弦才洗得特別仔細，不是想摸胸。

「別擔心，我沒生氣。」

然而，由弦的解釋在她耳中似乎成了藉口。

儘管想解開誤會……但由弦判斷再解釋下去，聽起來會更像藉口，決定閉上嘴巴。

從胸部洗到腹部，以緊緻的腰部和可愛的肚臍為中心，移動海綿。
接著朝愛理沙的大腿邁進。
「咦……？」
愛理沙有點嚇到，發出困惑的聲音。
由弦故作無知。
「怎麼了？愛理沙。」
「……沒事。」
洗完大腿上面及靠外的側面後。
由弦決定實行剛才想到的「報復手段」。
「把腿張開。」
「咦？……那、那個……剩下我自己洗就好……」
「快點。」
「呃……」
「不張開我怎麼洗？」
他在愛理沙耳邊輕聲說道。
鏡中的愛理沙一臉不知所措的樣子，最後低下了頭。
「好、好的……」

她用手遮住重要部位，稍微張開雙腿。

由弦像在輕撫那裡般，溫柔搓洗愛理沙的大腿內側。

「那、那個……由弦同學，不、不要再……」

愛理沙雙腳互蹭，扭扭捏捏地說。

看起來……並不排斥。

由弦覺得如果叫她把手拿開，她真的會拿開。

但由弦會無法維持理智。

「那剩下妳自己洗吧。」

「……好的。」

愛理沙露出有點遺憾的表情，接過海綿。

仔細清洗剩下的部位。

「洗好了。」

沖掉泡沫後，愛理沙站起身。

「去泡澡吧。」

「嗯。」

兩人面對面泡進浴缸。

愛理沙羞澀地用雙手遮住重要部位。

起初由弦也雙腿併攏，避免下半身被看見……

但泡到一半他就覺得「遮遮掩掩的很沒有男子氣概」，光明正大打開雙腿。

愛理沙立刻瞪大眼睛。

尷尬地移開視線。

「水溫還行嗎？我覺得剛剛好。」

「我也覺得剛剛好……」

愛理沙別過頭，卻在偷瞄由弦。

既害羞又好奇。

臉上寫著這行字。

「靜不下心？」

「對、對呀。」

「那要不要看電視？」

由弦指向愛理沙背後的螢幕。

非常罕見的是，由弦家的浴室有電視。

愛理沙放鬆了一些，轉頭望向後方。

「我之前就有點好奇……要怎麼操作？」

「有遙控器可以用。」

「哇！」
由弦站了起來，愛理沙用雙手遮住臉。
透過指縫瞪向由弦。
「不、不要突然站起來！我、我會嚇到！」
「妳也該習慣了吧？」
由弦苦笑著拿起放在浴室架子上的遙控器。
當然是防水的。
「可以看現在播的電視節目……還能上網，所以影片網也能看。妳有想看的類型嗎？」
「……有沒有貓咪的影片？」
「有啊。」
由弦操作遙控器，開啟影片網。
用搜尋功能選擇貓的影片。
螢幕中便開始播放可愛小貓的影片。
「哇……！」
愛理沙高興地開始看電視。
專注地凝視小貓。
與其說在專心看影片，感覺更像在試圖轉移注意力。

「愛理沙。」
「嗚咿！」
由弦從後面抱住愛理沙。
愛理沙用力抖了一下。
「別靠那麼近。」
「好、好的。你說得對。」
由弦抱著愛理沙，慢慢往後挪動。
盡量離電視遠一點。
「我、我說，由弦同學。」
「怎麼了？愛理沙。」
「就是，浴缸很大……坐旁邊也行吧？」
用不著硬要貼在一起。
愛理沙向由弦提議。
由弦反過來問：
「妳討厭被我抱著？」
「不、不討厭……」
「那不就行了？過來……」

「啊！」

由弦輕輕抱起愛理沙。

讓她坐到自己的大腿上。

「那、那個……由弦同學，碰、碰到了……」

「我不在意。」

「不、不是那個意思，是我會……」

「乖乖看電視吧。」

「討、討厭啦……」

愛理沙放棄掙扎，繼續看起電視。

由弦趁愛理沙毫無防備的時候，開始跟她親密接觸。

摸她頭髮、輕撫她的胸口、在耳邊傾訴愛意。

每次愛理沙都會微微顫抖。

她的呼吸愈來愈熾熱。

「……由弦……同學。」

「愛理沙……」

愛理沙抬頭注視由弦，因為泡澡泡太久，臉頰紅通通的。

由弦吻上愛理沙的唇。

給了她一個漫長的深吻。
「由弦同學，我……」
「洗完澡……要繼續嗎？」
愛理沙輕輕點頭，回答由弦的問題。

洗完澡，換好衣服，兩人在由弦的房間鋪了兩床棉被。
「……現在睡好像早了點。」
愛理沙瞄了時鐘一眼。
現在時間是九點半。
考慮到他們平常的睡覺時間，確實挺早的。
「夜晚愈長愈好吧？」
「呵呵，說得也是。」
愛理沙掩嘴笑道。
「話、話說回來……由弦同學。雖然都這個時候了……問這個或許有點遲……」
「怎麼了？」
「那、那個……你有準備嗎？我、我沒有……」
愛理沙一臉嬌羞，卻有點不安的樣子。

由弦不知道她在指什麼，接著立刻兩手一拍。

「喔……沒問題。我有。」

由弦從懷中取出那個東西給愛理沙看。

愛理沙的臉愈變愈紅。

「是、是嗎？那就好……唔。」

愛理沙鬆了口氣，由弦強硬地吻住她。

將她緊緊擁入懷中，握住她的手推倒她，

「愛理沙……最後再跟妳確認一次，真的可以嗎？」

愛理沙別過頭。

「事到如今還問我……太不解風情了。」

「也對。抱歉。」

由弦再次吻住愛理沙。

「嗯……由弦同學，那個……」

「什麼事？」

愛理沙面紅耳赤，聲音細不可聞。

「請你……溫柔一點。」

「那還用說……！」

兩人度過了甜美如蜜的一晚。

隔天早上──

「由弦同學……起床了。」

「唔……愛理沙？」

聽見愛理沙的聲音，由弦清醒過來。

睜開眼睛，眼前是身上只披著一件和服的未婚妻在看他。

「早安。」

「嗯……早安。」

兩人互相道早。

由弦將愛理沙擁入懷中，親吻她的唇。

突如其來的接吻令她嚇了一跳，瞪大眼睛。

「由、由弦同學……！天、天已經亮了喔？」

「……可是還沒用完。」

「這、這……」

「妳不想做嗎？」

愛理沙輕輕搖頭。

「不會……不想。」
「那就來做吧。」
於是，兩人早上的課遲到了。

※

一星期後——
「「「我們回來了。」」」
「「歡迎回來。」」
由弦的家人於深夜返家。
「不好意思，只玩一個星期就回來了。」
愛理沙以苦笑回應彩由的調侃。
由弦則正經八百地點頭。
「真的……再玩兩個星期也行吧？」
「大人可不能放假那麼久。」
語畢，彩由在由弦耳邊低聲詢問：
「你應該沒有忘了分寸吧？」

由弦想了一下，回答彩由：

「忘了，但該戴的東西我沒有忘記戴。」

「哎呀……真會說話。」

彩由感慨地說。

她接著面向愛理沙。

「……沒發生什麼事吧？」

「是的。」

「那就好。」

彩由露出安心的表情。

把兩個小孩留在家，身為家長應該會有點擔心。

「我幫你們拿行李。」

「我也來幫忙。」

由弦和愛理沙幫忙搬下車上的行李。

伴手禮也包含在內，因此行李比出遊時多了些。

「好睏……我要去睡了……」

剛把行李搬進屋，彩弓就揉著眼睛，昏昏沉沉地走回房間。

彩由對著她的背影叮嚀：「記得先刷牙。」

妻子及女兒的行為舉止令和彌露出苦笑。接著，他面向由弦和愛理沙。

「時間已經晚了……明天再聊行嗎？」

他們決定立刻就寢。

※

當天深夜——

「咦，由弦同學……」

愛理沙坐在緣廊賞月時，一名男子來到她旁邊。

愛理沙本以為是由弦，馬上發現認錯人了。

「……和彌先生？」

來者是由弦的父親和彌。

被誤認成由弦的和彌，手托著下巴詢問：

「嗯，是我……我看起來那麼年輕嗎？」

「啊……那個……因為太暗了……兩位真的長得很像。」

「妳不願意肯定我看起來很年輕嗎……」

和彌沮喪地垂下肩膀。

愛理沙連忙試圖挽救。

「不是的！我認為您看起來……十分年輕喔？」

「喔，嗯。沒關係……我也知道自己一把年紀了。」

和彌客氣地跟愛理沙保持一段距離，坐到她旁邊。

詢問愛理沙：

「怎麼這個時間還沒睡？」

「……睡到一半醒來了。呃，那您呢？」

「我時差還沒調回來，睡不著……幸好明天不用上班。」

和彌聳聳肩膀。

然後沉默了一會兒，詢問愛理沙：

「妳有時間……陪我聊幾句嗎？」

「好的。」

「謝了……妳就當成我在自言自語，不用放在心上。」

他事先聲明，開始侃侃而談。

「妳願意跟我兒子好好相處，喜歡上他，我非常感激。」

「請您別這麼說！我才是……一直受到由弦同學的幫助。」

愛理沙搖著頭說。

沒錯，愛理沙一直受到由弦的幫助。

尚未回報他的恩情。

「可見由弦有多喜歡妳。而妳回應了他。身為父親，沒有比這更值得感謝的事……想到這是一樁政治婚姻，就更不用說了。」

政治婚姻。

這個詞令愛理沙下意識閉上嘴巴。

和彌則有點後悔的樣子。

「我生下由弦，是為了有個繼承人。」

「呃，您這話是什麼意思……」

「我確實愛著這個兒子。但他是高瀨川家的下任當家，而我是現任當家，這層關係比父子關係更重要。」

他輕聲嘆息。

「彩弓也一樣……那兩個孩子真的很懂事。很清楚自己的立場。這也是理所當然，畢竟他們受到的教育就是這樣……」

「是嗎……」

愛理沙不知道該作何反應。

和彌接著說：

「他只有在跟妳有關的事上……才會提出任性的要求。」

「呃，那、那個……對不起。」

「用不著道歉。因為我很高興。」

愛理沙低下頭，和彌愉快地笑了。

「由弦真正願意敞開心扉的對象，只有妳一個。」

「聽您這麼說，我很高興……但我覺得並非如此喔？」

太看得起她了。

愛理沙否認了和彌的評價。

愛理沙的確是由弦的未婚妻，關係並不一般。

可是由弦身邊還有青梅竹馬跟摯友。

至少以交情來說，那些人跟由弦認識得更久。

「橘亞夜香、上西千春、佐竹宗一郎、良善寺聖。還有……凪梨天香。你們的共同好友大概是這幾位？」

和彌一一列舉兩人的共同朋友，彷彿看穿了愛理沙的想法。

愛理沙輕輕點頭。

「是的。大家都對我很好。對由弦同學當然也是……」

「可是，他們不只是朋友，同時也是家裡的繼承人或相關人士吧？」

愛理沙無言以對。
儘管身分有著微妙的差異，但他們都跟由弦一樣，背負著自家的名聲。
「確實是朋友，確實會互相合作。不過，也會有敵對的時候。」
「這……」
愛理沙無法反駁這句話。
因為他聽由弦說過，幾人的家庭複雜的利害關係及敵對的歷史。
「可是彩弓小姐……」
「她會嫁出去。」
「……！」
即使是妹妹，即使有血緣關係，也未必會完全信任。
和彌如此斷言。
「我當然也希望他們兄妹倆好好相處……可惜綜觀高瀨川家的歷史，兄弟姊妹一輩子都和睦相處的例子……比關係不融洽的例子還少。」
「這樣啊……」
「畢竟會牽扯到繼承遺產的問題……我為戰爭做準備的期間，我的弟弟應該也在為戰爭做準備。」
「……」

「當然只是準備而已，我想盡量避免真的起爭執。兄弟姊妹還是維持友善的關係最好。因為讓其他人撿到好處，才是最愚蠢的。」

和彌快活地笑著。

愛理沙笑不太出來。

「對由弦來說，絕對不會背叛的同伴只有妳一個。」

「是嗎……」

「沒錯。」

他用力點頭。

「所以妳光是陪在由弦身邊，就能成為他的助力。」

「……是這樣嗎？」

「正是如此。雖然妳應該還不明白。」

和彌站起身。

表示自己想說的話都說完了。

「那麼，我兒子未來也麻煩妳多多照顧嘍。」

和彌留下這句話，起身離開。

愛理沙看著和彌的背影，目送他離開。

「光是陪在他身邊……」

是這樣嗎？

愛理沙心存疑惑。

她對和彌的那句話缺乏真實感。

至少現在還沒有。

後記

好久不見。我是櫻木櫻。

不知不覺，這部作品出到了第七集。

第一集到第三集是兩人相遇，從虛假的婚約關係變成真正婚約對象的故事。

第四集到第六集是兩人以婚約對象的身分加深羈絆，磨合價值觀差異的故事。

第七集則是在各種意義上結合在一起，準備從戀人關係進展成互相扶持、互相幫助的夫妻關係的過程。

既然已經做足準備，接下來就是結婚，孕育生命了吧。

下一集寫完這個部分後，這部作品就沒有什麼可以寫的了。

因此，預計下集就是本作的完結篇。

這次後記有比較多的篇幅，容我提一下第七集的具體內容。

首先是第一章的耶誕節篇，這段劇情原本預計放在第六集結尾。可是這樣劇情會失衡，我便移到第七集的開頭。從結果來看，我認為這個決定是正確的。接著是第二章，新年篇。

為了避免跟第三集的內容和後面的章節重複，我讓他們在由弦家過年。還讓他們玩板羽球這個頗有新年氣息，又能合理卿卿我我的遊戲。我個人挺喜歡在臉上塗鴉的片段，希望還有機會寫。

接著是第三章，情人節和白色情人節篇。在我心中，屬於「情侶」的這兩個節日是戀愛喜劇的難關之一。因為我覺得能否收到巧克力是最令人期待的部分……既然在交往，當然收得到吧？不過也有「情侶」才能付諸實行的曬恩愛方式。我自認這次就寫出了那樣的劇情。

最後是第四章。我不想講太多最後一段的劇情，但它是我當初構思要以「相親」為主題時就想到的片段，幸好有順利寫出來。

那麼，差不多該向大家道謝了。

負責繪製插圖的clear老師，這次也非常感謝您畫了那麼美麗的插畫。

在此向參與本書制作流程的所有工作人員致上謝意。最感謝的是購買本書的各位讀者。

期待完結篇還能與各位相見。

震電みひろ
illustration
加川壱互
因為女朋友被學長NTR了，
我也要NTR學長的女朋友
3
Kadokawa
Fantastic Novels

因為女朋友被學長NTR了，我也要NTR學長的女朋友 1~3 待續

作者：震電みひろ　插畫：加川壱互

餘情未了？別有所圖？
以選美比賽為舞台，前女友即將展開報復？

在蜜本果憐的安排下，燈子被迫參加校內選美大賽，卻意外陷入苦戰。優提議以燈子罕為人知的可愛一面來博取支持，結果又是做菜又是穿泳裝，甚至還得展現令人難以想像的一面？兩人被前女友來襲的狀況耍得團團轉，戀情究竟會如何發展？

各 **NT$220~250/HK$73~83**

國家圖書館出版品預行編目資料

一點都不想相親的我設下高門檻條件,結果同班同學成了婚約對象!?/櫻木櫻作；Runoka譯. -- 初版. -- 臺北市：臺灣角川股份有限公司, 2024.01-
冊；　公分

譯自：お見合いしたくなかったので、無理難題な条件をつけたら同級生が来た件について
ISBN 978-626-378-404-8(第7冊：平裝)

861.57　　112019535

Kadokawa Fantastic Novels

一點都不想相親的我設下高門檻條件，結果同班同學成了婚約對象!? 7

（原著名：お見合いしたくなかったので、無理難題な条件をつけたら同級生が来た件について 7）

2024年1月15日 初版第1刷發行

作　者：櫻木櫻
插　畫：clear
譯　者：Runoka

發行人：台灣角川股份有限公司
總　監：呂慧君
總編輯：蔡佩芬
主　編：林秀儒
編　輯：邱璦萱
設計指導：陳晞叡
美術設計：吳佳昫
印　務：李明修（主任）、張加恩（主任）、張凱棋

發行所：台灣角川股份有限公司
地　址：104台北市中山區松江路223號3樓
電　話：（02）2515-3000
傳　真：（02）2515-0033
網　址：www.kadokawa.com.tw
劃撥帳戶：台灣角川股份有限公司
劃撥帳號：19487412
法律顧問：有澤法律事務所
製　版：尚騰印刷事業有限公司
ISBN：978-626-378-404-8
